盛装舞步

富春江诗歌节双年诗选
（2022—2023）

舒羽　编

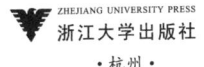
·杭州·

图书在版编目（CIP）数据

盛装舞步：富春江诗歌节双年诗选 / 舒羽编．— 杭州：浙江大学出版社，2024.12. -- ISBN 978-7-308-25637-7

Ⅰ．I227

中国国家版本馆 CIP 数据核字第 202487QE82 号

盛装舞步 富春江诗歌节双年诗选

舒羽　编

责任编辑	罗人智
责任校对	吴沈涛
封面设计	汉罡智造
出版发行	浙江大学出版社
	（杭州市天目山路148号　邮政编码310007）
	（网址：http://www.zjupress.com）
排　　版	杭州汉罡文化创意有限公司
印　　刷	杭州佳园彩色印刷有限公司
开　　本	889mm×1194mm　1/32
印　　张	6.25
字　　数	97千
版 印 次	2024年12月第1版　2024年12月第1次印刷
书　　号	ISBN 978-7-308-25637-7
定　　价	48.00元

版权所有　侵权必究　印装差错　负责调换
浙江大学出版社市场运营中心联系方式：（0571）88925591；http://zjdxcbs.tmall.com

序

舒羽

桐庐是名副其实的诗乡画城，因为其别样的山川、历史、人物。汉代严子陵隐居在此，宋代范仲淹贬谪来此，元代黄公望终老于此。自六朝起，这片天下独绝的奇山异水，就是中国诗与中国画的灵感源头之一。中国山水诗之祖谢灵运，第一个将桐庐这一地名写进了诗中。史载，谢灵运在赴永嘉太守任时，途经富春江畔的七里濑，沿江观景抒情，写下了《七里濑》《初往新安至桐庐口》等著名诗篇，引得唐宋上百位诗人蹑足而至，畅游桐江山水，打卡严子陵钓台，形成了浙西唐诗之路桐庐段的熠熠星链。

唐代诗人来过桐庐的，有孟浩然、刘长卿、白居易、杜牧、严维、皎然、贯休等。其中，刘长卿做过睦州司马，杜牧做过睦州刺史。白居易年轻时就到过这里，有《宿桐庐馆，同崔存度醉后作》："江海漂漂共旅游，一尊相劝散穷愁。夜深醒后愁还在，雨滴梧桐山馆秋。"

中晚唐时，不仅各地方的诗人络绎不绝地来桐庐，写桐庐，浙西本土也诞生了一个睦州诗派，有十多位诗人，其中章八元、施肩吾、徐凝、方干都是桐庐籍，周朴"生于钓台，而长于瓯闽"，本贯也应属桐庐。是可谓人得水土之养，文得江山之助。

宋代游桐江上钓台的，诗人中有苏轼、苏辙、李清照、范成大、陆游、杨万里、张孝祥、姜夔、刘克庄，还有不以诗名的名人范仲淹、汪藻等。宋仁宗景祐元年（1034）春，范仲淹因仁宗废后的政争失意，被贬知睦州，在富春江上游的幽独环境中，写下了著名的《萧洒桐庐郡十绝》。"萧洒桐庐郡，严陵旧钓台。江山如不胜，光武肯教来？"他又以《严先生祠堂记》表达了对严子陵的景慕："云山苍苍，江水泱泱。先生之风，山高水长。"宋末做过严州知府的方回，更把自己的诗文集命名为《桐江集》和《桐江续集》。

元明清三代，来桐庐流连忘返的诗人如过江之鲫，留下的诗篇也数不胜数。据不完全统计，自谢灵运以来，历代的文人墨客，为桐庐留下了七千余首诗词。其中有许多脍炙人口的佳作，构成了诗乡画城的文本性的存在。"一折青山一扇屏，一湾碧水一条琴。无声诗与有声画，须在桐庐江上寻。"清末刘嗣绾的这首诗,仿佛是古典的桐江在漫长的过去留下的美妙尾音。

今天,我们面对着古人留给我们的江山和文墨,是守着这份巨大的遗产而涵咏不绝,还是要将它们刮垢磨光,使之焕发出新的光彩?答案肯定是后者。律诗和绝句,《清平乐》与《天净沙》,平平仄仄和仄仄平平,毕竟已经属于往昔。今天的诗人,应该用自己的语言激活传统,盘活遗产。正如现代诗人卞之琳在《新文学与西洋文学》一文中所说的:"到现在,我们只能以新的眼光来看旧东西,才会真正的了解,才会使旧的还能是活的。时代过去,传统的反映也就不一样,譬如,我们倘若生在唐朝,就一定写唐诗;李杜如果生在现在,也一定写新诗。中国的新文学尽管表面上像推翻旧传统,其实是反对埋没,反对窒息死真传统,所以反而真合乎传统。"

那么,如何用现代汉语继续呈现桐庐的山川历史人物,是今天的诗人们的职责之所在。也就是说,现代人如何用活的语言重新构筑这座诗乡画城,也是今天的艺术家亟需解答的课题。怀抱着推陈出新、继往开来的美好愿景,2022年与2023年,在中共桐庐县委、桐庐县人民政府的大力支持下,由舒羽山房·旧县国际写作中心执行，任意东西·桐庐国际文化交流中心担任学术支持，我们举办了第一、第二届"桐庐富春江诗歌节"，用诗的语言打造现代人的印象桐庐。

2022年第一届"桐庐富春江诗歌节"的主题为"桐江秋信"，来自唐代著名的诗僧皎然，其《早秋桐庐思归示道谚上人》一诗云："桐江秋信早，忆在故山时。"皎然是书法家颜真卿、诗人韦应物和茶圣陆羽的知音，他曾在桐庐，自夏徂秋，饱览富春江上的山影水容，写下了动人的诗句。而我们即以"桐江秋信"为主题，广邀各地的诗人，摹写和歌颂桐庐的自然山水之美、人文历史之美、乡村建设之美、产业发展之美和百姓生活之美，向世人盛情推介这一中国最富诗意栖居的理想之地。

2023年第二届"桐庐富春江诗歌节"的主题则是"盛装舞步"。适逢第19届亚运会在杭州举行，而桐庐是马术竞技的举办地，故这一届诗歌节的主题，就选择马术中最优雅、最具有艺术气质的"盛装舞步"（dressage）作为主题。这是一种花样骑术，起源于公元四、五世纪，是集竞技性和表演性于一体的比赛项目。我们选用这个术语，双关了花样马术中人与马合一、力与美兼具的张弛有致的舞步，与诗人优美的声音与迷人的韵律的契合。

诗歌节的重要组成部分，就是面向全国征稿的诗歌大赛：韵达杯·桐庐富春江桂冠诗歌奖。两届诗歌大赛收到了来自全国包括新疆、西藏在内的三十个省、自治区、直辖市近两万首诗作，经过特邀评委们的初审和复审，从成人组、少年组、儿童组三个组别中，每组挑选出一百首诗作，再由吉狄马加、陈先发、高兴、敬文东、江弱水、臧棣、沈苇、西渡、陈炜舜、舒羽等十位诗人与评论家终审。整个程序以盲审的方式进行。两次大赛分别评定了桂冠诗人奖各一名，金桂奖、丹桂奖、银桂奖各三名，年度提名奖若干。2022第一届桂冠诗人奖由安徽六安诗人程东斌以组诗《秋信中的桐庐山水》一诗夺得，2023第二届韵达杯·桂冠诗人奖得主是来自甘肃兰州的诗人陆承，得奖作品为《庭院别裁：山水画和乌托邦的七谈》。

这两次诗歌大赛的获奖者，来自不同的地域，分不同的性别与年龄段，作品皆以美好的想象、深沉的情感和精妙的语言，书写了桐庐的明山丽水、良风美俗。得奖者有很多并没有来过桐庐，但凭历史上的文字描述，根据想象而写出地道的山水风光。这一点都不值得奇怪。正如李白写《送王屋山人魏万还王屋》，"云卷天地开，波连浙西大。乱流新安口，北指严光濑。钓台碧云中，邈与苍岭对"，他也没有到过桐庐。与此相映成趣的是，两届诗歌节也不乏桐庐的获奖者。非因近水楼台，实为近乡情切，这一方水土也偏宜诗兴，特多诗材。尤其是少年组和儿童组，获奖的小朋友写熟悉的家乡风光和生活场景更具优势，显示出良好的情感抒发和语言表达能力。

这本诗集，正是以第一、第二届诗歌节的获奖作品为主的诗歌合编。第一辑是桂冠诗人奖与金桂奖、丹桂奖、银桂奖的得奖诗作；第二辑是两届提名奖的作品选录；第三辑则收入了近年来到访舒羽山房·旧县国际写作中心的著名诗人和2023"富春江诗社全国高校诗社联盟"成员的诗作。这是桐庐的山水在诗人们的心中激发出的清音，希望能传之四方，入于人心，给广大读者以新的山水审美与城乡印象，也希望能够进入自古以来富春山和富春江的山水艺术长廊，成为这个新时代的华章。

最后，特别感谢韵达快递对"桐庐富春江桂冠诗歌奖"的支持！

2024年1月20日
于桐庐旧县母岭

目录

第一辑

秋信中的桐庐山水 / 程东斌 ………… 3

庭院别裁：山水画和乌托邦的七谈 / 陆承 ………… 7

诗词三首 / 易浩 ………… 12

桐庐两题 / 石人 ………… 14

富春江垂钓图 / 夜鱼 ………… 18

富春尺牍 / 叶丹 ………… 21

忆桐庐 / 许梦熊 ………… 25

春江·古镇·马 / 李文龙 ………… 28

桐庐四章 / 石樟全 ………… 32

桐庐怀徐霞客（外二首）/ 卢象贤 ………… 36

家书 / 伊娃·达·曼德拉戈尔 ………… 38

盛装舞步中的桐庐山水 / 文烽 …………… 44

桐庐夜曲三章 / 张媛媛 …………… 49

寒风帖：黄公望之剩山图（外一首）/ 贡才兴 …… 53

画 / 周紫阡 …………… 56

秋姐姐的算术题 / 余熳希 …………… 59

桐庐童语印记 / 王昊腾 …………… 61

潇洒桐庐郡十咏步范文正公韵 / 陈亮 …………… 64

富春山居记 / 王征桦 …………… 67

离不开秋的弯 / 周梓晟 …………… 71

第二辑

桐庐写意兼致徐霞客 / 梁梓 …………… 75

写在桐庐的山水间 / 郑安江 …………… 79

桐江秋信—富春江漂来的几叶素笺 / 刘向阳 …… 83

母岭村，阿多尼斯与桂花 / 辛夷 …………… 87

桐庐踏歌行二章 / 杨万宁 …………… 88

致桐庐：柔情似水的另一面 / 刘建生 …………… 92

一枚圆月的邮戳从桐庐快递发出 / 陈俊舟 …… 95

梅蓉村纪行三首 / 阚静修 ·········· 98
长调与鳞片 / 赵茂宇 ············ 104
桐庐三叠 / 英伦 ··············· 107
山水之城的镜像物语 / 郭云玉 ······ 110
桐庐山水镜像图 / 吴少君 ········· 113
我决定放生这个春天 / 吴忠全 ······ 116
桐庐引 / 阿名 ················ 118
盛装舞步兼致桐庐深处的诗 / 朱海燕 ··· 121
群山上的云彩 / 宋再冉 ··········· 124
借光 / 卢梦涵 ················ 126
菜花香中的梦 / 张宇菲 ··········· 129
幸福桐庐娃 / 许季晖 ············ 131
桐庐行并序 / 谢良喜 ············ 133
诗词五首 / 闻杰 ··············· 135

第三辑

旧县 / 陈东东 ················ 139
暗香 / 庞培 ·················· 141
母岭 / 梁小曼 ················ 143

结庐在桐庐（外一首）/舒羽 ………… 144
深澳 ……………………………… 146
桐庐的宋桂（外一首）/姚风 ………… 147
富春江偶遇严子陵钓鱼 ……………… 149
在斯德哥尔摩梦游桐庐/李笠 ………… 150
富春咏（外一首）/左凯士 …………… 152
泛舟富春江 ……………………… 154
旧县，母岭/沈苇 ………………… 156
桐庐小记/颜炼军 ………………… 158
严子陵垂钓处/肖水 ……………… 159
桐庐山居图（组诗）/施施然 ………… 160
给舒羽 …………………………… 163
母岭听雨/君实 …………………… 171
富春江返航/伯竑桥 ……………… 172
我们就这样/拉玛伊佐 ……………… 174
富春江的魔/拓野 ………………… 179
江南过客/曲晓楠 ………………… 181
桐庐之行/衷杰宇 ………………… 183
母岭来往二章/冯铗 ……………… 184
序曲/周乐天 ……………………… 186

第一辑

秋信中的桐庐山水

程东斌（安徽六安）

1

子陵坐于富春江的寸口，用山水的脉搏
作饵，垂钓。钓上来富春山的秋信
以及映在江水中的另一半
被压弯的鱼竿，其绷力，颤抖了千年
用笏板上的谏言，作饵，垂钓
钓上来民间的舆情与一幅画的墨迹
一根鱼竿的弯与直，镀上准星般的水滴，可作尺
量富春江的宽窄，测庙堂到民间的长短
隐者，在朝中，为鱼
在桐庐，是渔夫
躲过咬钩的劫，乐在钓台上，坐禅

2

发出金属声的秋风，在瑶琳洞中
盘桓，并叩问玉峰和乳石

未听到回音前,将银河飞瀑一梳再梳
梳下的梵音,将三十三重天,装订
秋风一摩挲过擎天玉柱上的偈语
人间的谷物就熟了。不要唤醒石头里的珍奇异兽
鼻息在,仙境的肉身就在生长
石笋也在长,百年长一厘米。一种旷世的慢
只为将恒久的春秋留给桐庐
一头狮子和一只石蛙,共守仙山上的灵芝
没听到蛙鸣和虎啸
暗喻了桐庐无疾,人间无恙

3

溶洞的河流,能通天。那桐庐画卷
被镂空的笔墨,就会彻地
河水和笔墨,共患一种洁癖,流淌中
一头连接初心,一头通达云天
在通天河上乘船漂流,人,能穿越光影和梦境
心,能找到原始的灵台
光亮蛊惑钟乳石滴下乳汁,落在脸颊
让人想起田野中收割的母亲
落在河水,请来一片星空
借助星光浮力漂流的人

会摘取到一轮明月,作心灯
沿着乳香漫溯的人,会返回最初的羊水

4

富春江上,天高云淡。养白云的秘境中
高山的峰巅是白云堆垒的
峡谷的雾岚是白云稀释的。白云一边
撑着溪流跑,一边在碧潭中打坐
当聚集到大龙门,化作大水,飞流直下
瀑布,白云源的一部简史
读出雷声的人,身体里养着雨季
读出一场雪崩的人,体内的寒疾,未愈
读出一则诏令的人,深知,富春江的白云
有抵达诗意和远方的使命
也有返回秘境和家园的初心

桂冠诗人奖授奖辞

程东斌的《秋信中的桐庐山水》组诗,常取特异的视角,精确的字词,由实入虚地缓缓展开了对于桐庐山水的描绘与想象,有机融合了现代感与古典性。

全诗警句迭出,如写钓台:"被压弯的鱼竿,其绷力,颤抖了千年。"又如写瑶琳仙境的石钟乳:"一种旷世的慢/只为将恒久的春秋留给桐庐。"写垂云通天河:"溶洞的河流,能通天/被镂空的笔墨,就会彻地。"这些灵动的表达,是古典神韵在现代汉语中的再生,也刷新了我们观看桐庐山水的目光。(诗评家、浙江大学教授江弱水)

庭院别裁：山水画和乌托邦的七谈

陆承（甘肃兰州）

1

章句解开隐喻的扣子，江南咏叹青绿红，
我来了，以游弋的笔墨，作一番凝照：
旧书新裁，新鲜的樱桃，恍惚的美学。

我带来一个诘问：严子陵垂钓万物与虚无，
垂钓士的尊崇和缄默。那么，又有谁垂钓
严子陵错过的金鳞？桐庐的山水漫卷了此刻
一千八百平方千米的宣纸上，传承和裂变。

2

须诵读《萧洒桐庐郡》，日日面对青山，
是何等惬意。须念及《道德经》的范式，
十绝的气韵，波荡湖光，润泽山色

转喻大地的一隅,长天的拓印或爪痕。

须兼备《岳阳楼记》的气象,豪迈的表达,
自洞庭扩展至富春江的折页处,那褶皱
侧记一个边塞之人由荒芜而兴起的观澜。

3

致敬我们的先祖,《辍耕录》析出的枝叶,
丰富了浅绛山水的技法,《富春山居图》上
本体和喻体,意境和物象,谁主,谁客?
谁在散淡的经疏上,啜饮微苦的咖啡
或者是一杯谷雨前采摘的雪水云绿?

日月逝于上,江水依旧流泻着碧玉,
黄公望素雅的笔触蕴蓄了几多乡愁。

4

倒装的盛装,舞步挪动平仄和韵脚,
腾跃着,跨越看得见的山川与看不见的
典故。从历史的纵深,一匹汗血宝马

飘飘涉过流沙,至于这江南锦绣之地。
马蹄协奏万物,燕尾服剪开了惊艳的
目光,黑色的礼帽如浓墨的眉批
为全新的速率和荣光,作一则题记。

5

谁途经《徐霞客游记》的秀致和壮美?
语言遁入浙西唐诗之路,走入寻常的
人家,成为线装书中微醺到泛黄的修辞。

白云悠悠,挽起蓝色的缎带,指证
醇酽的大奇山,隐逸的桐君山,书写
天目溪畔的踏青,通天河上的寻胜
和熙攘的武盛街头那一份尘世里的静雅。

6

瑶琳仙境的洞府是另一个样本,幻化了
天界的诸相,心的涟漪一下子变为澄明。

三十三重天呀,楼台庄严,而银河明灭
如深自敛藏的剑谱。钟乳石的华表之上,

仿佛有时间的编钟,在排演一组风雅颂。

琴瑟如花枝在一旁袅娜,片段即是永恒,
看哪,柔媚的石头正从我们的心底绽放。

7

偌大的庭院,等着博尔赫斯的那一句雨水
停止了许久之后,终于滴落,打湿了
富春山居的长卷。迟到的词语总是给我们

以福祉,由时光的隧道抵达那座殿堂。
正如我,多年前曾经来过这里,将爱和美
镌刻在时间的谱系上。多年后我再来此地,
仿佛前世的画师转世,一切又将重启。

桂冠诗人奖授奖辞

《庭院别裁:山水画和乌托邦的七谈》,作者陆承,一条来自河西走廊的汉子,写起江南桐庐的颂词,一定是触动了其内心最柔软的部分。此诗目光开阔而细致,笔力苍劲而深秀,勾连起有关桐庐山水的诸多文本,并且将文学性的话语,如本体和喻体、平仄和韵脚、有机地融汇了富春江的山水长卷的拓印和折页。作者以"游弋的笔墨",分别经过钓台、富春江、大奇山、瑶琳仙境,迤逦而下,移步换景。特别是巧妙地牵入"飘飘远自流沙至"的汗血宝马,与亚运马术比赛的盛装舞步结合起来,毫无违和之感。山与水,诗与画,时与空,古与今,绸缪缱绻,化为一个艺术的整体。全诗七节,每节七行,七七四十九,加诗题正合征文所要求的五十之数,足见其游于艺的心态之从容。(诗评家、浙江大学教授江弱水)

诗词三首

易浩（湖北武汉）

七律·钓台

尺幅春愁细细裁，浙西图画为谁开。
一痕江水因风涨，十里云山带雨来。
莫笑人情添白发，可怜事迹付苍苔。
明朝揖别天涯后，满目青葱供别才。

七律·七里泷

谢屐登临万壑喧，山花犹自似当年。
锦屏列嶂淙淙瀑，翠玉凝波澹澹烟。
北岸秋高留隐士，南陂春好住前贤。
半瓶清水携归去，疏拓中心一寸悬。

如梦令·桐庐

应是人间仙郡,山水尽皆才俊。草木共清游,自可振衣千仞。堪恨,堪恨,思念又成兰烬。

金桂奖授奖辞

易浩先生《诗词三首》计有七律二、小令一,描摹桐庐富春自然与人文景观,尺幅千里。七律一张一弛,触景怀古,饶有时空交叠之致。其一笔触灵秀,情思骀荡,颔、颈联富于张力,堪称警语。其二颔、颈联用正对,平整雍容而无黏滞,言谢客遂具六朝韵度。尾联以小见大,余音袅娜。小令有收结之效,既与七律于喁相应,且自顾营营之身、耿耿之思,映衬桐庐出世脱俗之景,尤见曲终奏雅。由此观之,三者不仅为诗词之联章,甚乃近套数之风貌。(香港中文大学教授陈炜舜)

桐庐两题

石人（浙江湖州）

过严子陵钓台

自建德至桐庐百许里，波澜不惊。
匀速的船体被容忍在这山水奇异之间，
我怎么可能记得全部的碑石诗文。
偶尔有个句子如一只鹧鸪浮出水面，
通过自由升高的水位线，是否
要带我去遥远的静谧中和他相遇。

这一路的孤馆寒舍，竟然相信
我也会孑然一身独行于此，
对以往那些并不被宽恕的很多事物，
统统地放任自流，甚至，
仰望那突兀对立的东台和西台，
怀疑这不是我内心想要抵达的尽头之处。

时势包含忧愤，隐忍而不可预测。
多年以后，想象这五月羊裘的装扮，
其实寒暑无异，那些猜测都被层层剥蚀，
枯燥而迎风颓败，依旧是体无完肤。
我可以关照船夫加速，引起激浪
贪婪地吞噬没有任何欲望的牌楼石阶。

回想漫长过程，这景色让我获得安慰
江水重复拍打着自己
历史空荡的回声，击碎诗歌的避难所，
泛起的泡沫瞬间消灭，就像年龄的差距
测量出与世无争的智慧，靠近了
才看清这钓台正漂浮于涌动的人群之下。

2022 年 7 月 16 日

忆，从建德顺道送友人回桐庐

我们都在归途中，只是家的位置不同。
临水而行，如果有一个俯瞰视角，
会看见城市越野车进入辽阔的暮色，
新安江拐了一个很远的大弯。到下涯村了，
他说，有个摄影基地，很多人会从这里拍取

美好的景致。再往前过梅城就是富春江，
名字不同，水没断，其实是同一条江。

水光幽幽，富春山居，有多少人
因此而成为避世的警戒，不可触及。
初秋的晚风塞满驾驶室，农舍温馨的灯光
闪向后面，我想起经历的过往
竟然行驶到这里，江水在另一边
仿佛并不流动。渐浓的夜色正在戏弄
照亮前方的车灯，拽紧了剩余的路。

分离已越来越近。时间
多么像难以治愈的慢性胃炎，
不可能消化试图庇护我们的语言的铁枷锁。
寒意，总是在彼此想念对方的时候袭来
呼啸着缠绕一枝接一枝吐出的香烟，以便于
一次次发现新的疑问，和不允许被记录的
事实，印证着相互默认的隐秘的边界。

此刻，导航提醒已过严子陵钓台。
故事还会延续，虽然不能预见到即将经受的
"面对尘土，如无聊之物的一贯之行"*
但是他指定的目的地，不需要约定。

再见吧,说出这样的告别语,
仿佛在诗行中插入歧义丛生的注解,
我们对着低垂的黑夜致以相同的敬礼。

注:＊布罗茨基《科德角摇篮曲》诗句。

2022年7月23日

金桂奖授奖辞

石人的《桐庐两题》移情入景,在绝美的富春山水中寻求慰藉和启示。江上浪迹,是自由的旅途,也是回家的归途。诗人与古人隔空对话,又与今人惺惺相惜,移动的主体迎迓古今并置的纷繁物象,介入时空的混沌与苍茫,赋予山水一种现代性的新注解。诗作的完成度比较高,主客冥合,物我交融,言志与缘情相契,同时又不乏内省和智性,既有"筋骨相连,远近相映"的画面感,又有"从流飘荡,任意东西"的慷慨之气。(诗人、浙江传媒学院教授沈苇)

富春江垂钓图

　　　　夜鱼（湖北武汉）

枯墨在后来者手里研磨
研磨得久了
也能勾皴涂染出绵延与翻涌

鸬鹚的扑扇却不好把握
已不是东汉的那只
勤奋得让人晕眩，影响了

钓竿的稳定，也干扰了
悬腕人。半天功夫
就都没了耐心

生存与闲情的矛盾
并不持久。鱼与鸟的激战过后
风很快轻了

湖面的宣纸
被游船撕了又撕,摄影
取替了笔法

喧哗传进隐居者的耳朵
还是收摊吧
不如到桐庐去烫小酒

如果坚持画下些什么
就不要绕开霓虹、高楼,以及
如鲫的人群车流

倒影看不出什么端倪
但繁华里的苍茫沉浮
六张纸远远不够

富春江是丰腴还是清减了?反正
越来越难画,秃掉的烂笔
就要堆成山了

金桂奖授奖辞

夜鱼的《富春江垂钓图》写得非常机巧。一般作者会沿着黄公望的那幅名作逡巡而前,本诗的作者却扣住图写山川者那墨的研磨与笔的勾皴涂染,传导出人们面对绝胜的桐庐山水那种细微的内心颤动。这绘画的笔杆,又幻觉般地重叠了隐居者的钓竿。全诗三行一节,意象精约,句子参差错落但控制自如。难得的是,作者将古典意境与现代风物糅合起来写,游船、摄影、高楼、霓虹灯,和谐地渗入画卷之中,就像鱼与鸟、生活与闲情的斗争一样,张力遂十分充分。(诗评家、浙江大学教授江弱水)

富春尺牍

叶丹（安徽歙县）

I 磁场，寄严子陵先生

如果出生地无法自选，那栖身之所
仍有择选的余地。你决定远离
汉宫的旋涡，以钱塘湾为起点溯流，
去叩问庄子为你预备的无形的
逍遥之门。"任何时代的逆流而上
都可理解为隐退。"向西二百里，
你决意在海潮调头之地落锚，
寄身于这风景的长卷，结为命运
共同体，衍生出磁场，保护着
本地的山水免受噪音的磨损。
顿悟的沙砾不肯随江水流逝，
积成聆听的沙渚，经教化的风景
学会了与四季的齿轮精密地耦合，
石头磨砺，在胸膛刻满律己的箴言。

在这春服既成的时节,我也乘潮
而来,尽管急流曾翻卷身体,考验
我的诚意。我们终能相遇,只要
缺角的月亮愿意再度化身信使,
在渡口发明一个陌生的问津者
续写一个典故。苔痕是最古老的
引路人,沿着月光砌筑而成的石阶,
我急切地登上这春日高台,表达
作为晚生人的遗憾,但这不妨碍
我们共同追忆富春江完整的未来。

II 回访,寄郁达夫先生

先生,鄣县县志曾有你于某年五月
租一叶仄舟在徽州府一个溪流
屯集的地方逗留数夜的记述。确实,
篾篷搭成的空间,更适合招待
苦闷的诗人。枕在船上,梦的奇迹
就无法漫过船舷。你留下钓台的春昼
在繁体的方志里留下重墨,口占之诗
也被刻碑,变成本地风景的注脚。
我将在五月江水再度富有春意之时

乘水流之马匹，从上游漂下，对你
做一次回访，"为了补全一个循环。"
"这次回访，很难说不是本性的回返。"
除了江水的青绿，杜鹃的红经过
新安江无损地转译代替模糊的省界
是另一条索引。不论去岁的山林
经历了怎样的干旱，富春江山照样
泼墨般浓郁，未经装裱的风景
从宋元正典中立体地复活。"这山水
曾令黄子久先生的颜料甘愿蛰伏。"
先生，我不确定这山水给你颁发的
母语的勋章能否补偿一个受难者
低纬度的晦暗，但我笃定你会
掌一盏五十瓦的圆月在渡口迎我登岸。

2023 年 4 月

金桂奖授奖辞

叶丹的《富春尺牍》借尺牍形式，以深思、得体的语调与先贤展开对话，显示了良好的控制力和成熟的风致。《磁场，寄严子陵先生》第一节落脚于"你"和山水写出史迹，第二节转入"我"和现时，最终合为我们,以"富春江的未来"作结,把时间、空间和人际关系合铸于一炉。"任何时代的逆流而上都可理解为隐退"等句是随感兴而生发的思,新颖而有深度。《回访,寄郁达夫先生》巧妙地同时处理了两个主题:当代作家与先辈的关系,风景与语言的关系。这两种关系的共同之处是彼此成全,"我"对达夫故乡的回访,既是循环,也是对本性的回返;母语的勋章最后融入了风景中的圆月,变成了另一种光源。(诗人、清华大学教授西渡)

忆桐庐

许梦熊（浙江金华）

白云源自桐君山，夜幕低垂
随舟而来的歌声已停息；
我不知道金鸡石从何时坠落
回首梦中，光阴早成谜。

晚风吹送两岸的树叶如乡愁
月亮装饰着孤舟的顶篷；
要是秋天在猿声中缓缓来临
飞鸟还有它延长的归程。

不要忘记约定，不要太淡然
江水潺湲，行人独惆怅；
我们被生活牵住，心为形役
害怕晚年仍要历经风霜。

起伏的山岭使得一切都危险

抵达之所这才更加温暖；
雨水在记忆中滴沥，像落锁
蝴蝶扇动的是历史的烟。

倘若你技艺精湛，盛装舞步
能够踏出亚洲的好天气；
一切烦恼也会缩短它的时长
鸟鸣随着松果一样落地。

犬吠穿过村庄，耕者极悠闲
他们更不担心劳而无获；
我们在晚潮中翻身，又睡下
一朵雏菊在影子里开合。

思念鲈鱼与莼羹，思念雁群
还没有把我的落日捎回；
思念春天应该有浓浓的午睡
山上的新芽都冒出芳菲。

我们得以成熟，且默默承受
环绕桐庐的是喜悦之光；
融入我们内心的遥远的星辰
足以支撑这重生的故乡。

金桂奖授奖辞

许梦熊的《忆桐庐》，形式工整圆熟，抒情与叙述有效融合，产生娓娓道来的阅读效果。作者以个人化视角亲近桐庐山水和山水蕴含的慰藉，写得轻灵飘逸、亦真亦幻。在"轻"与"重"之间拿捏分寸，并驾"轻"就熟。穿过"历史的烟"也即拨开"个人的障"，重返和抵达都是欲罢不能的乡愁，绝美的山水，恰为"被生活牵住，心为形役"的现实境遇带来启迪和解救。如果说思念能使想象力发出新芽、冒出芳菲，诗人对记忆的召唤和书写，则如"融入我们内心的遥远的星辰／足以支撑这重生的故乡"。（诗人、浙江传媒学院教授沈苇）

春江·古镇·马

李文龙（桐庐中学）

放马洲

春江上，时间聚拢
滞留于梦的雨滴
仿佛还在熟睡

像一次作别
马的声音从雨中隐隐传来
那三月的眼泪
相觑，相嘘

石的脊背上
蹬音不停
雨前的马蹄
来自长窗之外

像一次作别
马的声音从雨中隐隐传来
我的须发往一个方向长
像晚春的柳

东门码头

将来是一场舔噬和静默
忘了东门码头,无异于
忘了春江。在
装满孔雀的茶楼下
谁都想过
一觉醒来就能到杭州
并不优雅的叹气的马停着
在季风降临之后,谁
俘获了锯齿状的火
谁就拥有最严厉的解药
关于铜币的一切
——复活

刻录并不如意。光盘
也不轻松
沉睡在春江边

春天的马

无须跃过贺兰山

在宇宙的马术馆

电子刺客。谁

此刻正倚着栏杆

谁就在

一叶通往太空的孤船

开元街

在开元街口唤上一声

你会听到唐朝的回音

规矩的铜币凌空一掷

那飘拂的衣裾嵌满黄金

再喝一口茶，就可以骑马上路啦

朝阳踏着落凰还未沉没

柳枝摇曳，秋水并不踟蹰

你的长鞭怎么指也指不到长安

青山不语，燕子返回江南

你顿悟沉默无可避免

江水此刻为你敞开身

一只流亡的白鞋子
木舟或是屈原的旅程
你呀
你会如何抉择

金桂奖授奖辞

李文龙同学的《春江·古镇·马》立意新颖，笔触细腻，语言轻盈，用词精妙，呈现出远超年龄的诗歌技艺，可见这位少年诗人的诗歌天赋、文学素养与知识储备。全诗分别从桐庐的三处风景展开联想，《放马洲》延续江南文脉，化用郑愁予《错误》中"跫音""马蹄"等经典意象，以少年情思为它们赋予新的诗意，不落俗套；《东门码头》别具宇宙的视野，将现代科技诗意化，想象如野马，纵横天地间，"电子刺客"与"通往太空的孤船"便尽收眼底；《开元街》则回荡着历史的余音，开启一段古典旅程。三首小诗借助"马"的蹄音串联在一起，穿越历史与未来，共同奉献出丰盈的诗意。（诗评家、中央民族大学教授敬文东）

桐庐四章

石樟全（浙江桐庐）

春

每一阵春风吹过，都以为是她的曲子
柔和舒缓甜蜜，似乎奔她而来

甚至于春雨发出的每一个悦耳音符
她都像鸟儿一样候着，生怕错过了一生

哪怕深夜，只要稍有叮咚作响
她就猛然跳醒，跑过去迎接

乡下人的爱总是这样矜持，羞涩，低调
像绿的发光的草木，内心充满了春意
却不敢大声喊出来

夏

开元街十字路口的旧书摊
如今改头换面夏埠,是一家甜品店

夏埠的黄昏开始下起雨来
屋檐下,小女孩书本架到膝盖上
下笔处,有外婆一篮青菜的叫卖声

凉风拂动,甜美的味道从夏埠溢出来
她抬起头看了看,匆匆赶路的人

夏也长得急,都抽出菜心了

秋

她弯下腰的时候
新月正挽起一湾碧水

煮茶以待
那封秋信早已发出

富春的幽素和风华

母岭的四万桂雨，从大宋一路南下

前也是，后也是
山房，琅琅雨声，像巨大的等待

六百多年了，黄大痴遗留在此的笔
她毅然拿了起来

冬

一片偶然的，雪
下在南方，下在生仙里
整个冬天和北方落在高凉亭的松树尖

无垠的虚构和重生
你试着小心伸出修长的右腿
去探听命运的刀锋，脚步是那样填满憧憬

火苗勾起你忘情岁月，雪敞开无限心扉
白醉了，投入你六合的全部热情
生怕雨水和高温对冬有一丝丝的伤害

黄昏还在继续讨论，生仙里

已然在迎接你晶莹的梦,而我像一只鸽子
轻轻越过山峦,妄图作永恒的停留

丹桂奖授奖辞

石樟全的《桐庐四章》以春、夏、秋、冬为篇章和变奏,视角和切入点比较独特,抒情性与音乐性有机融合,是诗作的最大特点。在日常中发现诗意,于细微处捕捉素朴之美,鲜活的细节包蕴景物、画面,以及人的呼吸、心跳和面影,人与物栩栩如生、跃然纸上。诗中有柔和舒缓的语调,有心神荡漾的旋律,诗人倾心倾情书写富春的"幽素和风华",陶醉于江南"晶莹的梦",构成了桐庐当下之美和现代意味的动人乐章。(诗人、浙江传媒学院教授沈苇)

桐庐怀徐霞客（外二首）

卢象贤（江西九江）

桐庐怀徐霞客

振之游记徐青纸，一县增光数百年。
马岭水仍来渚埠，桐庐米尚载商船。
漫研文字真非忝，重走风情亦是缘。
滩上此时初照日，长竿好钓碧蓝天。

读《富春山居图》

必对秋山有大痴，方能为此画中诗。
温柔忽见峥嵘出，缥缈漫随苍莽驰。
草树清奇村互衬，亭台高古鸟相追。
筲箕泉畔聆幽响，浅绛层层月上时。

严子陵

富春滩与濑,尽以严光名。
刘秀江山主,严光山水英。
锦鳞非所欲,心似水波平。
帝星未必犯,皇家欲借声。
峨冠固显赫,何如真性情。
王侯可代也,严光不能更。

丹桂奖授奖辞

两首七律细于声律,三五七句皆以上去入三声交替。第一首首联腾空翻起,颔联承以平稳,节奏松紧分明,唯连绵字可更磨砻。颈联出句主静,对句济之以动。尾联更穷视听之娱,足为卧游者脚注。第二首二、四联佳,水文、商船不动声色而沟通今古,末句以偌大风景收于一钓钩尖端,可谓芥子须弥。第三首五古体式而多用律句,亦如桐庐景致,多秀美而少岩巉。第三联以下颇能翻出新意,谓严陵之名垂千古,本不待光武而后然,盖神器可移而节操不能也。娓娓道来,言有尽意无穷。(香港中文大学中文系教授 陈炜舜)

家书

伊娃·达·曼德拉戈尔(俄罗斯)

桐庐

梦见白鲸,拖动船。
明亮的灯光指向一个
飘浮在空中,被水覆盖的
岛屿。

石头投下影子
镜中晃动。

二分之一

雪像雪,水像雪
角质和角质

"雪像水,但今天却像雪。"

不像，它特别明亮。
你问世界的月份
问南方建筑的太阳。

洗礼的时代是没有人记得旧事物的电影

富春江

早上转变。这是一种秩序。

鹤和溪在摇摆
我春天的号角在哪里？利维坦幽怪会停下来。

青山让我的思想透明。它靠在灌木丛上休息
然后沿着河上游走。

春天那里挤满吊车小溪，雨水充盈。
白山洗心，洗河流，我必须要走过去才能回家。

庙里烧水的女孩

那个和尚已成为喜鹊。满山的雪
火焰般叫唤。冬天

去河边——骑自行车的女孩
看着对岸,时间滑过冰面
石头上的角紧紧勾住油彩
勾住最致命的虔诚。亲密苦难中,
漫天云块会变成金光
在人们心底荡漾

圆通禅寺

他坐在月光下构思在海底喝酒的姿势
要不要把身子稍稍弯曲一下呢
要不要去怀疑天空的曲线是僵硬的呢
没有人注意
圆通寺的僧侣已经开始打扫木鱼涌出的庭院
念佛的声音欣悦地穿透整个童年的趣味
个别思乡的人,个别哭诉的人
在晨光中身体变得轻盈无比
无限拉长的寺庙。藏着自小就无人解开的谜语
长老们也不愿意回答——
慈悲的仁慈者
在沙沙的落叶中
拥有通天彻地的孤苦

岩石溪上

六月,雨就不在天上
一朵莲花——挤在莲花上
花房里的豹子,渴望蝴蝶对称的斑点
它们来来去去,用浓密的薄荷和蜂蜜
我们的阵形
一只草地上的鹅凝视着空旷
——我们被创造

家书

细流是细流,而人工智能是轻尘
这罕见的,微小和不寻常的类比。

生死的铃鼓从圣殿里出来
高高的平台散布着云雾和雨水无菌

无人而知

人类的溪流,雪山
随着痕迹到天边,很晚很晚落下的太阳
落下金色的鸟鸣。在寂静中守望大风吹散的群星

宛如爱情
偶尔会变成真实的气息
从山顶滑过。人类想象的弧形
当你还是个孩子时,可以
摘下白云,并捧出未来的秘密。
——大地的讯息,那么真实的不被人所知

丹桂奖授奖辞

　　这组诗不同于其他参赛作品的显著特征在于它突出的想象力。诗并没有描摹和再现桐庐、富春的风光,而是以"人类想象的弧形"折射风光,创造了独特的诗境。组诗以"梦"字开始,盖有以也。石头是坚硬的,但经过想象的折射,它"投下影子/镜中晃动",就变得柔软可亲了;吊车和小溪,一机械,一自然,相去不可以道里计,但是想象让它们联姻:"春天那里挤满吊车小溪";想象还能让和尚变成喜鹊,满山的雪"火焰般叫唤"。这是想象对事物表象的改造。想象还可以透过表象,进入一种彻悟:"青山让我的思想透明""白山富于洗心";慈悲者则"在沙沙的落叶中""拥有通天彻地的孤苦"。至此,风光已不再是风光,而变成了可供灵魂栖居的家园。这大约也

是作者将这组诗命名为"家书"的深意。(诗人、清华大学教授西渡)

盛装舞步中的桐庐山水

文烽（黑龙江）

1

"我需要语言给我一个崭新的角度"
去重新认识一匹马
一匹全神在音乐里漫步的马
就像你第一次踏入桐庐
一切经验的装备都过于陈旧

2

马不动声色，保持合适的受衔
下颚衔起身体的黄金分割点
像一个贤士归隐山林后的放松
坐在光阴的钓台上
把日子静静地揉捏成一块饵料
然后等一尾鱼跃解放昨夜的禅思

3

马的眼神比音乐更宁静
湖水深处，我看到一缕清风翻山越岭
一朵映山红开在相片的深处
竹林飘浮往事的雾岚
以及少年的纯净和青春的蓬勃
仿佛比回忆遥远，又近在咫尺触手可及

4

纵与横的心跳起伏在同一条波线上
如同分水江与富春江在水中合掌
像山与水长年累月的磨合
像桐君山伸出倒影把富春江揽在怀中
江中的卵石用缓慢的语速讲述天地间的默契
缰绳、呼吸、坐姿如同一道道口令
横斜步、踏步、快步与慢步交换着信任
像雨前茶信任制茶人手工的翻炒
像畲族的竹竿舞眼神传递的从容
像溶洞信任通天河引来的光阴

5

草原里濡湿的蹄印、躬身的铁犁
丢下的马蹄铁烙印着早年的功课
如同在此刻，我看到桐树葳蕤
桐君山在更大的阵势里操练着绿色
富春江调理着自然的伦理与秩序
山水在举手投足间透露
古城墙般的修为与红树林一样的格调
水面抬起，平复了多少往日的嘶鸣

6

马在奔跑的倒述中放慢节奏
仿佛是调低了时光的播放键
你会看到钟乳石刚刚萌芽
一只蝴蝶的彩裙抖落金色粉末
小船、山野人家、芦茨湾的唐松刚刚起身
在山居图中寻找当初的位置

7

此时不再关注马鼻子上的红色雀斑

以及蹄子上抖动的白色茸毛

此刻，我感到身体已经于现场消失

只看见骑士与马的影子在音乐的布景中踢踏

马的梦境，启蒙一个观看者的梦境

那些被命运拿走的欢腾

正从马的眼神马的舞步中取回

富春江两岸继续弥补着剩余的缺失

还有一些，原本驻留在心头的

被唤醒，佐证着初心与一份坚守

犹如记得浅滩上，溅起水花修饰落下的阳光

8

马被自己的舞步垂青

像斑斓的植被重绘桐君山

像多姿的想象为瑶琳洞引申梦幻

舞步在继续

像秋沙鸭飞过秋沙鸭的航线

像一杯雪水云绿复苏春天的香气

像秋天在一颗颗板栗间酝酿出口

我要忍住内心的尖叫

"而你最终领会了，美是为了什么

并改变了你的生活"

丹桂奖授奖辞

文峰的《盛装舞步中的桐庐山水》是一幅斑斓的卷轴画、八个变奏的乐章。马,是诗中的主角,诗人希望语言给他一个崭新的角度,去重新认识一匹马,但不限于此,通过马之眼神、马之梦境所发现和展开的,是山水的魅力与归处,是广阔的世界和丰盛的物象。当"马被自己的舞步垂青／像斑斓的植被重绘桐君山",盛装舞步的继续就变得优美而多姿,看上去好像是马在率领风景起舞,却恰恰写出了山水"与马共舞"。龙马精神、山水精神和体育精神,在这首诗中得到较为完美的结合与呈现。(诗人、浙江传媒学院教授沈苇)

桐庐夜曲三章

张媛媛（中央民族大学）

母岭之夜

始于一次闯入。在同行者的惊叫中
那条莽撞的小蛇，就这样误闯
我们的必经之路。
像是从青绿的山色滴落
或是从典型江南传说里
逃逸的，瘦削的修辞

在母岭的慈爱中
我和它一样，想念原初的
包围，蛇尾叩响冷指尖
随即水天异动，回返
将破的壳，如盘古般
于混沌中抓紧一把利斧

劈开虚实的边界——
被火焰分开的两端
一半在剩山图酿桂花酒
一半在无用诗卷采春茶

我们或茶或酒,共举杯
半醉半醒间,细雨
调和灰烬
夜晚就这样到来。

夜马留过

在翙岗,凤凰负责提供
虚构的羽毛,血肉的部分
则交给马。白驹穿过窄巷
奔腾在土语中,比如
"今天晚上"是"今朝马溜"
"夜晚"则是"夜马留过"
"慢慢地"听上去就像
"马马脚",就像语言的
图腾,慢慢露出马脚。
但蹄音还很远,烟岚寸寸
剥蚀古村落,也为匆匆过客

隔绝了车马喧。躲雨的檐下
只有被说出的夜晚
成为那匹唯一的黑骏马。

茆坪春夜

推开那扇透明的门，一块红绸
就落在了我的耳膜。诗和歌
演绎爱情的层垒，春风沉醉
同夜晚共谋一场完美演出。

山水被音乐点亮了！远处的
山影被笛声拉近，清溪环村
加入古琴的弦音；手碟空阔
递来老树的回声；而繁花
随铃鼓摇动，让神秘的
香气包裹住呼吸。

舞台下，一群孩子追逐射灯的
暖黄，像柚子滚落一地

他们长大后，还会记得
童年偶遇的诗么？

我猜,有古树作证
柚子的清甜一定能
让茆坪的孩子想起
那个如诗的春夜,
那首春夜里的诗。

丹桂奖授奖辞

　　《桐庐夜曲三章》由三首柔和、内敛而抒情的小夜曲构成,以在母岭、翔岗、茆坪三处桐庐村落的见闻为基点,融入自身对语言的思考,透露出作者的慧心巧思。《母岭之夜》虚实相生,从一条小蛇的闯入开启想象,将因焚画殉葬而身首两段的《富春山居图》与现实中的情境两相重合;《夜马留过》抓住翔岗方言中发音与"马"相近的几个词语,将奔腾于语言中的"马"具象化,重置于江南风景中;《茆坪春夜》则以朴素平实的语言,重现诗歌之夜。三章小诗清新自然,含蓄隽永,耐人寻味。(诗评家、中央民族大学教授敬文东)

寒风帖：黄公望之剩山图（外一首）

贡才兴（江苏苏州）

他痴迷于仰望一座座远山
敬畏于山的伟岸，石的气势
流水的灵韵，林木的秀丽
敬畏于众山涅槃重生之时
不舍昼夜，他一路走一路看
"看山未必是山，看水未必是水"
看樵夫暮归，渔者垂钓
看枝柯扶疏，叶落无声
他把每一座山以待人世
看得真真切切，波澜不惊
"尘世即蓬莱，人生若宇宙"
在山中：听溪水潺潺
观乱石参差，树木葱茏
参寻性命，访明师，登山渡水
崎岖旅途的幸运与不幸，幻灭与重生
"看山还是山，看水还是水"

化笔墨写意从流飘荡,任意东西
他像是一个收敛锋芒的智者
山岚雾起中,点墨泅染了远山近水
他从家门口的虞山望见了圣井山
他听见有一个声音在呼唤:
"快到山水里来"
他看见一座木桥走向群山延绵不绝
望见有云气升腾的地方
至正的绝响,人世的出口
他望到了一个途穷朝野的剩山剩水
且把灵魂休憩之地的富春山居
就悄无声息地栖隐在了一幅剩山图中

飞龙山记

采药人,遁入山中
石笋穿破云层。峡谷尽处
一座"不二"的寺院时隐时现
坛前,供奉着悬壶济世的药神

雾来云去,枫杨树杈指向深山涧壑
谷雨淅沥。濯洗着山林里的阴影
背着沉重肉身的人

跪行在山道，无止尽地奔袭

断崖之上。野杜鹃纯朴地绽放
褪却多余伪装，手捧漱心衣钵
"身体空了，内心也纯净了"
走在前面的僧人，递来救世良药

飞龙在天。云浮于日
盘桓徘徊在雾气升腾的山径
此消彼长的植物各安天命
一贫如洗的僧人，依然善良

丹桂奖授奖辞

贡才兴的《寒风帖：黄公望之剩山图》取意于古典素材，运笔从容，诗风庄重，措辞典雅。通过今人的眼光，通过追溯古代绘画圣手黄公望的心迹，整首诗实际上重现了古典心灵和自然山水之间内在的精神渊源。这性灵的契约，似乎在现今的时代，已越来越落寞，越来越边缘于生活的喧嚣。在本诗中，诗人并未流于表面的抗辩，而是潜心于重塑古典心灵的视角，从生命感受的角度，深刻揭示了寄情山水的生命旨趣。（诗人、北京大学长聘副教授臧棣）

画

周紫阡（郑州群英中学）

用碧波中的云影，溪谷中的芦苇
稀疏的雁鸣
——调制颜料
泼洒静默，流向桐君山

一幅山水
给予我和青苔、飞鸟、铁索、扁舟
逶迤万丈的自由
鱼在屋檐，杜鹃在床下
秋霜和马蹄声
于清澈的碗碟中荡漾

铺展一卷月光
去千年前子陵隐居的陈山
画泱泱江水，苍苍云山
画平野垂星，滚烫浓茶

画风调雨顺的新衣裳

从汗流浃背的早读课出发
皎然,我要划桨去你的江畔
刻画躬耕的梯田,清瘦的琴声
尘埃里的野火一粒
悬崖畔的草芥一棵

稻谷里结满写意,结满
虫吟鸟鸣,深深雾霭
耕牛立于高岗
俯瞰光阴撤离
以涟漪的形状向我告别

我的手腕,顺从葳蕤草木
顺从光芒扯碎的秋风
明月啊,庙堂啊,危楼啊
我的百草园
距你的心脏一步之遥

我愿在发光的富春山上陷入瓶颈
不着急采摘和收割
和一株幽兰品茗

也许顺便在江水里洗净笔尖

留白于桐庐的陡坡

银桂奖授奖辞

这首诗题目就一个字：画。小诗人的思路非常清晰，意象的展开有条不紊：先是"调制颜料"，然后"铺展画卷"，于是有"结满写意""手腕"的运笔，最后"洗净笔尖"而且"留白"。用细腻的笔触，描绘了富春江的山水、花鸟、茶叶和稻谷，其中又有人的劳动和生活。全诗语言的使用非常老练而精确，时有不凡的想象，比如"鱼在屋檐，杜鹃在床下／秋霜和马蹄声／于清澈的碗碟中荡漾"，是糅合了古典情韵和现代感性的佳作。（诗评家、浙江大学教授江弱水）

秋姐姐的算术题

余熳希（桐庐春江小学）

我的家在富春江畔
这里住着一位秋姐姐
她最爱做算术题

柿子树上挂满了盏盏小灯笼
这是秋姐姐在做加法
小树脱下了陈旧的外套露出坚硬的手臂
这是秋姐姐在做减法

金灿灿的银杏给大地穿上了黄袍
这是秋姐姐在做加法
蚯蚓把落叶化作来年的养料
这是秋姐姐在做减法

松鼠乘着滑梯搬运满满一车松果
这是秋姐姐在做加法

大雁把多彩的贺卡捎向遥远的南方
这是秋姐姐在做减法

银桂奖授奖辞

一年级的余熳希同学，用一个孩子稚趣的思维，道破了诗人们穷极一生，也难以回答的算术题。在这首《秋姐姐的算术题》中，小诗人用柔软的手，指向空中的柿子、银杏和松果，于是我们听到了果实叠加的欢笑，看到了自然之手如何透过物候，为生命镀金。这是一份寻常且又高于日常的惊喜。而在秋姐姐这道善意的“加法”之后，紧接着出现了“陈旧的外套”“落叶”和不可把握的“远方”。这是盛极而衰的减法。可是小树、蚯蚓和大雁，没有人类的得失心，所谓的凋零与失落并非仓皇的陨落，只是“坚硬的手臂”“来年的养料”和大雁捎向远方的“多彩的贺卡”。这道算术题的完成度很高，实难再加减一个字。（诗人、作家舒羽）

桐庐童语印记

王昊腾（桐庐学府小学）

富春江

江边长长的柳枝为江水遮阳，
轻风让江面泛起层层的波纹。
一只只渔船在江上撒下渔网，
准备将一条条蹦跳的鱼儿装满鱼舱。
江底的小鱼望着头顶的小船，来来往往，
江中的水草随波漂摇。
在水底休息的小鱼小虾被新来的邻居螃蟹吵醒。
白鱼爸爸带着孩子们排队穿过深坑跨过浅滩，
鲈鱼妈妈却带着孩子们把客厅打扫。

东门头

清晨，
东门头渡船码头开始渐渐苏醒。

老街两旁的小摊主,
使劲吆喝叫卖自家的蔬菜和瓜果,
桃子、葡萄,辣椒、土豆,新鲜可爱。
早餐店里人声鼎沸,
大饼、油条和豆浆是绝配。
早起的健身者在进行晨练,
额头的汗水在阳光下闪耀。
人们在这里相遇,
这儿也将人们拥抱。

桐君山

悬索桥太短,
我蹦蹦跳跳就过去了。
再跨过石牌坊,
那弯弯曲曲的石阶伸向远方。
我身轻如燕飞奔向前,
石阶两旁各种中药材散发出芬芳,
满天星、麦冬、板蓝、迷迭香……
桐君老人的故事,
我牢牢记在心上。
山顶那高耸的白塔是镇妖的宝剑,
无论"新冠""猴痘"都被一剑拍出天边。

银桂奖授奖辞

王昊腾同学的这首诗,写他的桐庐印象,非常干净的分成三个部分,江、城、山。写江就着眼于鱼,渔船、渔网、鱼舱,白鱼爸爸、鲈鱼妈妈,还有小鱼儿。写城也具体,选择东门关一个点,从蔬菜瓜果,写到大饼油条。写山却发奇想,麦冬和板蓝代表了药祖的符号,最后白塔化作镇妖的宝剑,一下子收结掉新冠疫情的主题。整首诗没有那种流于表面的泛泛抒情,而是笔法平常而亲切,却能表现出作者对故乡的深情。(诗评家、浙江大学教授江弱水)

潇洒桐庐郡十咏步范文正公韵

陈亮（四川威远）

一. 浪石金滩

潇洒桐庐郡，金滩入画中。
诗情天地共，一鹤上晴空。

二. 天子地

潇洒桐庐郡，千秋有笑颜。
此中天子降，王气满青山。

注：天子地，相传南朝宋开国皇帝刘裕降生在此。

三. 莪山畲族乡

潇洒桐庐郡，畲乡满是情。
云霞当舞伴，日月醉歌声。

四. 圆通禅寺

潇洒桐庐郡，禅林月色浓。
修心参暮鼓，洗耳有晨钟。

五. 阆苑石林

潇洒桐庐郡，石林处处泉。
引人来入胜，一路淌潺湲。

六. 雪水云绿

潇洒桐庐郡，云中种绿茶。
山居邀旧雨，雪水试新芽。

七. 江南古村落

潇洒桐庐郡，烟村见画楼。
红桥浮碧水，绿柳系兰舟。

八. 范蠡休闲养生村落

潇洒桐庐郡，休闲乐有余。

陶朱垂钓处，彩蝶戏游鱼。

九. 合村生仙里

潇洒桐庐郡，山川毓秀灵。
神仙于此住，瑞气满门庭。

十. 严子陵钓台

潇洒桐庐郡，千年一钓台。
富春江上月，曾照子陵来。

银桂奖授奖辞

《萧洒桐庐郡》是北宋名臣范仲淹范文正公知睦州时所作的十首五绝。陈亮这组和作，步其韵以咏今日桐庐风物，亦如原诗之皆以"潇洒桐庐郡"开篇。各首颇能拿捏五绝古朴之风致，以见佳色美景之可爱，而皆出之以近体格律。如其三、四、六、七等皆以偶句收结，亦饶余韵。唯某些措词略落窠臼，其五之次句犯孤平，可更调整之。（香港中文大学教授陈炜舜）

富春山居记

王征桦（安徽贵池）

1

富春江上，隐者披着羊裘，他的无神之眼
顺着细长的钓竿，陷入了绝境

我恰恰被淹没在风烟俱净的江面，无欲之钩
用它的无欲，时时打扰着我们

我成为鱼。无论拥有是摆动的鳍，还是相濡的唇
定会被来自山中失重的蝉鸣声惊醒

面对大汉朝再三缄口，钓台上的严子陵早已用
一粒钓饵，对我宣说过人生的意义

多少人痴痴地为他的生平作注释
走在我前面的诗人，墨迹已经烂在诗碑上

作为后来者,我手中的笔总跃跃欲试
可是,笔头上的字,一个也没有跑出来

2

白云村,白云在山中飘荡,它经典
它有足够的洁白,可以把隐者的影子擦得更亮

我在芦茨,看见小镇伸出的风情之手
挽住了一小片的浮云和流水

不像我,苦苦抱定一缕霞光,一片云,一朵花
一个连我自己也回忆不起来的梦境

大好的月光,洒在隐者乐和农家乐之间,她还在
不断地修补二者订下的契约上的折痕

鸟鸣在黄昏突然坍塌,我扶着诗人方干的塑像
慢慢地站稳,头上的白发在夜色中闪光

有一颗星越过山顶来看我,我疑心这是幻术
眨眼的工夫,它就变成了众檐上的一盏红灯

3

大痴道人的画笔遗落在七里泷。鲁莽就鲁莽
一次吧,他说完,就奋不顾身地扑向青山绿水

他喜欢白鹤。看见白鹤来时,我假装埋头入水
犹能听见他唤鹤的铁笛声,绕树三匝,嘹亮入云

芦茨溪、鸬鹚湾、阆仙洞,凡是能走进他卷轴的
那些江水,都会任意东西地写上名字

他怎么也想不到,修竹和溪水都是他的粉丝
他必须让它们高兴,必须把它们全放进画里

他怎么也想不到,那一卷纸本水墨,会在火中
身首两段。虽然如此,它仍是我热爱的残缺

他怎么也想不到,在日后某一天,有一个人会以
旅游者的身份,坐在小洞天里,心中有些黯然

银桂奖授奖辞

这首王征桦的《富春山居记》,诗分三节,分别

以严子陵、方干、黄公望为搭桥，以扫描钓台、芦茨湾与七里泷等桐庐山水。作者介入为我，与三贤展开了对话，探索人生的意义和艺术的价值。诗语有机地结合了古典韵味与现代敏感，将"风烟俱净"与"失重"、"羊裘垂钓"与"粉丝"冶于一炉，颇富新意地重新书写了熟稔的图卷，而三节诗中都巧妙穿织了蝉鸣、鸟语、笛声，也见出巧思。（诗评家、浙江大学教授江弱水）

离不开秋的弯

周梓晟（桐庐学府小学）

耕种者的背，弯弯的，
稻田里的稻子，弯弯的。
地上的青草，弯弯的，
山楂树的枝叶，弯弯的。
丰收人的嘴角，弯弯的，
黑夜下的月影，也弯弯的。
我们离不开秋天的弯，
那是丰收的诉说。
就像我们的亲人，
一直都离不开。
有一种声音，
在天地间微妙地相约，
那便是人们传颂离不开秋的弯。

银桂奖授奖辞

周梓晟小朋友这首小诗,真令人眼前一亮。他不是沿着寻常的思路,去歌颂收割者的辛劳,去描写沉甸甸的稻穗,去讲一分耕耘一分收获的大道理,而是从秋天的万事万物中提炼出一个共同点,那就是弯弯的形象。整首诗用一个"弯"字贯穿起来,把秋天的成熟与丰收的喜悦表达得极为巧妙,有一种几何式的简洁明快。语言的展开循序渐进,从耕种到丰收,从背影到嘴角,从白天到黑夜,也合乎逻辑。逻辑属于理性,中心词"弯"字则诉诸感性。总之,作者善于发现,善于归纳,善于组织,写成了一首情理俱佳的好诗。(诗人、作家舒羽)

第二辑

桐庐写意兼致徐霞客

梁梓（黑龙江青冈）

1

"看，他归来，他带着我们归来，
玫瑰的时刻和杉树的时刻。"
先生，马岭还在等待，古道依旧热肠
"以楮为业"的人家，比纸张更透明
你所爱过的事物，都在这儿

以回声的形式召唤着你，你看哦
那湿漉漉的楮树，我甚至以为就是你
为山水方程求解，为一本书标注经纬
"你呵，沿着我们不曾走过的通道
通往我们不曾打开的那扇门。"

2

先生，我途经古老的村庄：石舍村
古老的马头正探出城墙；鸟兽虫鱼

云纹花草则鲜活于天井亭廊的木纹中
此时我远眺,这村庄,被群山托着
被芦茨溪明亮的手臂所环绕

而茆坪村:时间在这里按下暂停键
九百年光阴,他们一直在制茶、弹棉花
掀开《富春山居图》一角的芦茨呵!
仿佛"雷霆的蜜"。我知道,你在寻找
"———你和自己共处的密码"

3

先生,兑口桥也叫"袋口桥"吗?
聆听这河水的应答,我的想象力被拓宽:
——这抵达并非简单到仅是河水履于河床
仅为你打开一个敞嘴的口袋
而是它要和你兑换出你口中的语言吗?

诗意葳蕤不绝,到底值碎银几两?
按图索骥的作业,你从来都是自主完成
你走过的每座桥,都非终点,而是过渡之段
亦如至分水,"分水之岭",也不过是
——你旅途中的一个黄金分割点

4

天目之溪。这是怎样的一种凝视？
它清澈的目光必定会记得
——以脚步丈量山河者的少年："风的气息
是你的青春，你的步履是路的完美"
竹筏顺水而流；柳杉，金银松在后退

山歌融进溪水；白鹭在题款
此刻，赫拉克里特的说法开始动摇
先生呵，我嗅到这里有你的气息
这里也有王维和沃伦所言说的静谧
此时的我啊，经历着并非有我的一生

5

"如果飘荡是一门学问。"停留，则必是
点燃内心的爆裂花火……
先生啊！天目溪在丈量；水车还在转
外婆家的红灯笼啊，已挂到了屋檐
拱桥，柱顶以及游子的内心

小木屋如蜂巢；野鸽子在窝里迷人地叫

有三种美会终结我的车马劳顿之苦
一种是山里的饭菜,冒着热气
一种是竹竿舞嘎哒嘎哒的节奏;还有一种
是婆婆剪出的燕子在我的心里筑巢

写在桐庐的山水间

郑安江（山东滨州）

1. 山

心仪的诗画，以大奇山错落的层次感呈现
适宜静下来，去温习那些
折叠在经典辞章里的一阕感叹
又一阕感叹。峥嵘、奇峻、深邃的美呵
吸引着好奇心一步步深入，在沉醉中
越走越深，越走越远

朗润的山月，是老家那只银质的门环
月色氤氲的静谧，铺作一帧意境
蜿蜒着迷恋的山路，是另一行诗句
以无法拒绝的魅力，直抵心头

在大奇山，做一个深居简出的山民
靠一件简单而古老的农具，养活爱情

2. 石

白云源遍布嶙峋、悬架的山石
被富春江的水声打磨，煞是惹眼
它们不知道，作为一个俗人
我对它们的艳羡有多么顽固

被命名也好，不被命名也好
山石兀自端坐，以各自的姿态
扼守着孤独与寂寞。闪电划过，大雨冲刷
亿万年后，山石仍是山石。有了它们
山野的虚静就有了可以读取的内容

我认定，每一块山石都有属于自己的身世
每一块山石的内心，都有星光在默默生长
每一块山石，都能让我们回归久违的原乡

3. 水

都说天目溪适合漂流，我也认同
但我还想体验得更多一些。比如取一滴水
供养一朵星。过滤欲望，润饰梦境

让一尾思绪游弋,在一脉迤逦的抒情里
游向苍茫与旷远
内心的那泓深爱,深得无法丈量

是的。我喜欢一个人坐在天目溪边
看流水替我们缝补春秋,看自己
浅如一滴水,渐呈清澈

4. 林

森林的阴翳,密密匝匝地覆盖着桐君山
草木的茂盛间,遗存着动人的传说
一株株草药可供随手采撷。祛病。养心
草籽、花蕾与颂辞一起,入诗
鸟鸣、清风和水声一起,入韵

一树栀子花,把醉人的诗意在风中挥洒
我这支拙笔一次次被草木的清香牵绊
福参、泽兰在高大的桐树和绿竹下
倒是安恬自在
从树叶的缝隙间,一炷阳光的投射
使一只昆虫、一粒飞尘也明亮起来

走在林中,我拆除心中所有戒备的栅栏
每一株草木都值得亲近

桐江秋信——富春江漂来的几叶素笺

刘向阳（安徽青阳）

1. 桐君采药

人之初，就像山间野生的百草
无姓无名。此生只是行过

你也无所谓什么标签
熟悉与否，全凭缘分

而人身的病痛需要重新认识
本草金石性味，需要尝试、辨别

据说，你读懂得了三百余种植物的密码
大胆配制，小心煎熬，解除了人间疾苦

问起尊姓大名，你只是指一指草庐
与梧桐树。于是桐君与桐庐之名存世

2. 子陵垂钓

逃。也无处可逃。脚在
刘秀腹部的脚，会越来越沉

而你绝意远遁，钓于江南泽中
披着羊裘，还觉得异常寒冷

在动与静、实与虚之间
在黑与白、存与亡之间

悄悄垂下一丝若显若隐的光阴之线
你以飞鹰的视野与狸猫的耐心为饵

钓起富春江逝水之波上的一瓣明月
在江山之外，在岁月之外

3. 富春山居

为桐江山水所伤，迈不开脚步
不期然而然的遇见

是黄公所望，清清秀秀

水墨铺展开去,在天边

补几点松柳、孤舟、木桥
江渚上,勾两笔贩夫走卒

还有屋宇数间,青烟一片
简练淡雅的背后,无用之用

在巧取豪夺,在残山剩水
造化之弄人,久矣

4. 母岭桂花

像千年的大儒,在旧县
桂花是最中国的一棵树

朴素、低调、宽厚、慈祥,如外婆
为我遮一片荫,挡一阵寒

八月,丰收的稻谷泛滥着阳光
你的温馨就弥漫在游子的梦境

母岭一千余棵桂花吐露的气息里

漂泊的灵魂找到栖息的锚地

青山作枕，母岭为榻；桐水酿造
桂花酒，今夜不醉不罢休

母岭村,阿多尼斯与桂花

辛夷(广东广州)

"光的迸发"仿佛智慧流淌
历史的沉淀物散发芳香,词语深处
蝴蝶把无常编为永恒,那些桂花
繁殖了多少月亮与爱情的盟誓,想想
当时,年轻的男女怀抱星辰,在时间中
留下美的证据,并以爱的名义许诺
明天幸福。现在,所有的桂花
邀请你进入芳香的府邸,阅读人类
颤动的回忆录,树影婆娑,树枝的家族
栖居着漂泊的梦,有一些在夜晚被翻译
成淡淡的忧伤,有一些辗转成灰烬
用风之手敲开遗忘的门,连接世界
还有"闪亮的生活"

注:"闪亮的生活"是阿多尼斯为桐庐母岭村所题的字。

桐庐踏歌行二章

杨万宁（河北衡水）

马岭古道怀古

一峰耸起，马头山在马岭之巅
乙字峰如马颈，岩崖耸似马面
草木葳蕤，若马鬃迎风拂动
野马岭上，一匹野马在夕阳下咀嚼风沙

来马岭古道，最适合怀古
远眺美女峰，月亮缺了一角
南来北往的风，从古吹到今
野马群在嘶鸣，在疾驰，在奔腾

遥想当年，美女峰下，将军洞边
"将军"守护着"美女"，阴柔与阳刚并蓄
古道连接着杭州府、严州府、金华府
数不清，多少脚印踏过，多少日子流过

唐代的天空下，芦茨村诗人方干
邀来李白、苏东坡、陆游、范仲淹、李清照
品味石鸡、石笋、石斑鱼和土鸡
让诗情在富春江里恣意挥洒

沿富春江溯流而上，陌上花开
山水逸趣中，桐庐景最清
深入孟浩然的《经七里滩》
画在诗中幽，人在画中行

山青水清，洗净黄公望的眼睛
开始了与富春山水四年之久的对话
画笔神灵附体，有了鲜活生命
一幅《富春山居图》醉了天涯

怀抱明代的阳光，徐霞客云游至此
将桐庐山水写进了《徐霞客游记》
我幻想着能遇到他，与他一起
种田，放马，写诗，旅游，终老

古道沉睡渐醒，青苔怀抱葱绿
马蹄声远去，只有印痕依稀

一枚干净的白云落下,入土为安
我两耳贴地,听到了春的消息
在分水蠡湖做一枝蝴蝶兰
可是梦蝶的庄生梦里展翅
可是化蝶的梁祝恋而成花
范蠡与西施穿越春秋史册
绽放成分水江边粉色的优雅

前世额头上的一只蝴蝶
落在今生兰的枝头
来到这个世上,就为了相遇
隐居桐庐,上演了一场蝶恋花的童话

蝴蝶化兰,蝴蝶因兰而生动
兰花成蝶,兰因蝴蝶而殉情
蝶花一体,美在天涯
从此不离不弃,热烈而不喧哗

我是蝴蝶你是兰,幸福时时向你飞来
花开花落又有什么关系
花蕊有多少,渴望就有多少
来到这世上,就是为了和你融为一体

剩下的生命里,我唯一能做的
就是一秒一秒地,好好疼你
我们不做梦只做爱,不管吴国还是越国
如果想起了什么,便相互擦去眼角的泪花

静静地看着你,对分水江梳妆
默默地陪着你,在蠡湖边浣纱
让鱼沉水底,雁落草地
将世界嘈杂的羽毛慢慢梳理

在分水蠡湖做一枝蝴蝶兰多么幸福
远离车马喧嚣,远离政治纷争
尽情地绽放,安静地凋零
舞与清风,芬芳为家

致桐庐：柔情似水的另一面

刘建生（广东东莞）

1

雨轻柔落下来，江面，一望无际的
宽阔，拥挤的颜色越深越不可测
思念的人，或借山石，或借百花
抒情
渺茫的岩石形成一片早晚的悬崖

黑色无边，蓝色亦无边，水面推动
这层层叠叠的浪
直到山的那头，捕捉琴里的悠扬

2

金滩可以听风声听雨声，对面青翠
的群山在沉默

仿佛一首首古老的诗篇,需要用心
阅读、感受藏在风雨里的诗意

清澈明亮的水面,涟漪轻晃,几只
掠过的白鹭落在岸上、浅滩边
它们把影子折叠在这江水里,寻找
日子里的小贝壳

3

山围着水,水绕着山,有时,雾霭
隐现,飞舞中将一方山水笼罩
听听水声,让潺潺流水洗去内心的
杂念和疲惫

百花装点着这片神奇的土地,离水
那么近,鱼虾也能闻到花的香味
更不用说捕鱼的船夫,就连在
岸上走着的人,也有回头惊叹之时

山歌会随风掉落下来,唱歌的少女
隐藏在你看不见的山寨里
歌声会让一级级台阶缠绵起来

循着栈道，山洞，或许能找到身影

4

钓台在时间的冲洗里渐渐褪色
变成了几排石碑，刀砍斧凿的文字
再不能还原之前的情节
千里涛涛的富春江，流逝的历史
也变成了日夜不休的涛声

千年古树闭目养神，偶尔放飞千千
树叶，打探故土风情
一盏盏悬挂起来的红灯笼，跳动的
火苗，都是一颗颗跳动的心

白云源的竹林已更加繁茂，翠绿的
竹叶有时会掉落到流水淙淙里
向下游而去，循声而来的游客都会
留下自己的身影

群山叠嶂，飞瀑奔流，瑶琳仙境
也就在身边忽隐忽现
不再麻烦十只，百只白鹤问路

一枚圆月的邮戳从桐庐快递发出

陈俊舟（新疆乌鲁木齐）

风动的树叶是桐庐的版型
富春江里的水花跳跃着前行
披月而眠的灵感站起来
为桂冠诗歌奖挥动苍劲的笔锋

快递小哥的车轮飞旋
牵动着千家万户的互通有无
鲜花吐艳的大街小巷
文明之邦的桐庐活泛人间筋骨

奇山异水运来的花香
给钟灵毓秀的山水注入了生动
与时俱进的潇洒桐庐
四面环山遮挡住了忽如其来的寒流

把中部小河平原铺展

让丘陵魔幻成披甲上阵的兵马俑
巧借快递飞旋的车轮
在分水江面上溅起时光里的冲锋

春秋的车轴辗轧过岁月的壕沟
沿着车辙走过的痕迹梳理祖脉
中国民营快递之乡的声望
在桐庐的大地上载满了深情畅想

桐庐妙龄的青枝上缀满硕果
山水洞天色彩斑斓的景致吸引游客
山的伟岸烘托出石头的气势
水的灵韵滋润了林木的秀色

天目山睁大了眼睛望西湖
仙华山上的精灵最恋黄山雾景
以蛙的姿态匍匐千岛湖畔
瑶琳洞里聚集着投胎的石景群

滑雪场链接冬云上的冰层
翱翔的健儿莫非是天降神兵
盘腿打坐在瑶琳仙境
品一滴溶洞泉顿觉穿越时空

穿一件汉装在武盛古街行走
桐君山上的月亮格外又大又明
在白云源里的小木屋睡一宿
天目溪里的漂流才有惊奇尖叫声

一枚圆月的邮戳从桐庐快递发出
大批人马朝着桐庐集中
诗词剪影里的桐庐山水
彩绘了婉约每时每刻的心动……

梅蓉村纪行三首

阙静修（河南睢县）

1. 梅蓉村观油菜花

——献给村党支部书记吴方云

这村民手工塑造的油菜花，
与我们想象中的，
中间有多少路程需要走完，
才能把自然美与艺术美完整地
嵌在一起。
这种嵌入法式正是我诗中需要的。
它似乎丢失很久，
但并未消失。
它不说话，但还活着。
不刻意躲避我们，也无需寻找。

你看，汗漫的油菜花海里，

仿佛有一种东西,
在秾丽的粉黄里深深地
沉了下去。
仿佛它看见了我们,不由得躲避。

是蝴蝶在传递信息吗?
她飞向我,又飞向你,
仿佛要从你的心里,
飞向我的心里。
就像古代,从刘禹锡的心里,
飞向杨万里的心里。
但她仍然住在我们心外油菜花的
面相里,
像一个词语,面无表情。

是蝴蝶把古代油菜花的香气转移到
21世纪我们的鼻翼中吗?
我看见村民们正和蝴蝶缠绕在一起,
像一些好姐妹,
闪烁着古诗词之光。

我走进油菜花田,伸开手掌,
仿佛美是可以触摸的,

像在书架上取书。
而我的手掌却是空的。
油菜花无限,观花人亦无限。
我不知道,
"蝴蝶"这个词语需要淬炼多少次才能
接近这个无限,
才能将对油菜花的赞美送到我们
能够看到的某个高处。

2. 洲上饭店小酌

——献给店主虞晓伟

酒液里的泡沫浮起了什么,
刺山,虎山,水面山?
我们饮下了什么?
油菜花,蝴蝶,水杉,富春江?
在不同的位置,
酒液里都有一种度数连接着它们,
并在我们胸中涌起波涛。

连店主的口音都有鸟鸣的度数,
仿佛一只灰鹤刚刚

从他身体里飞走。
餐桌上的钟山豆腐干也是灰鹤
赠予我们的。
番茄虾仁锅巴从店主手里
来到我们面前,
仿佛是灰鹤张开翅膀的一瞬。
我们只需要抿一口瑶琳仙境洞藏酒,
就能从空中搭建起一座鹤巢,
等着我们,
在与灰鹤的距离中,
保持引力,以防意外坠落之轰响。

3. 午后在"稻上·夕水民宿"

——献给宿主高煜明

记不得,门外的油菜花与窗外的富春江,
粉黄和碧青,
是如何在我眼前交汇的,
它们之间的界限是否由蝴蝶划定,
定其二色,
为梅蓉村主色调,
可表演,歌唱,饮酒,赋诗,入药。

花香与水香的撞击声可入耳，
可治失眠，瘾症，抑郁，离群索居。

花田里的越剧，舞蹈，民乐，折子戏，
瑞士摇滚，爵士乐，电音说唱，
如润物，或雷灌，
我们的耳朵却仍有空隙。
蝴蝶碰落的油菜花在落地一瞬
发出的撞击声，
离我们耳朵亦有距离，
仿佛需要奔跑才能找到它们。

我们的耳朵空得太久，
鞋底也太薄，
从耳朵到鞋底，
从油菜花香到富春江水，
仿佛都需要奔跑，
仿佛跑起来的时候，
事物才会缩小，
民宿里的梦境才会打开一条缝，
准许我们进入，
去接受棒喝，训谕，如临古贤之碑铭。

紧随我的是，
蝴蝶深不可测且不舍昼夜的耳提面命。

长调与鳞片

赵茂宇(云南师范大学)

富春江长调

"站在远处,你才能看见舟上的舌头
已经穿透到另一个空间。它拴着很多躯体
从上游河面往下漂流。在桐庐
富春江与新安江都曾经被大蛇用身体
触摸与裹挟,颜色如鳞片。"
这是江面上九姓渔民最爱的长调
他们以独舟为家,常将肥美的鱼片
晒在两岸的山石与河草
而渔叉上的倒刺、铁钉,他们需要
寻找巨石作为依凭,教儿子
打出锋利、精致的模型。
这野性图像式的过程,令他们
痴迷,忽略了女人们
在船上捶打衣服的声音

在环溪村

在环溪村，我拿上几片青苔去到瀑布深处
杉木和土松隐匿着光线的方向
将皮肤挂在草地的各个复合性角落
贴合的触感，使水珠沁入我的身体
一只蝴蝶飞往远处火车经过的山脊
里面的男女正戴着三角面具亲吻
松鼠跃过头顶时，它的眼睛
会短暂地隐藏关于我的一切
午后，朋友打来电话，叫我快速下山
几个老者，从对岸江面上的村庄漂来
他们的竹篮中，装满了售卖的西瓜、凉茶
和各色小吃

富春江记

人的暗影，儿时就显得贫乏，在竹林中
会被圆的赋形和风收走。远方的阿莲
赞比西河上的河马家族渴望
雨水能从万物的身体倾泻，我会给你
带新鲜的面包和香肠，请相信上天
鹿曾经踏过我的身体，痕迹你已经忘记

从富春江顺流而下的时候,我总能看见
许多老者和男孩从水中捞起
用水珠、河石、投影做成的镰刀上山伐竹
伐竹的日子,最好是在周末午后
老者们编完竹篮、撮箕、各种象形的玩具
会将余留的竹条做成筷子
而男孩们做出各式各样的弓箭
便将镰刀丢在河流中,很快消失在水面

桐庐三叠

英伦（山东德州）

垂云通天河

此处真能通天？若能，请借我一用
我要借此攀上去，与天手谈一盘
输赢我都会下来，比上去时更加小心地踩牢
每一级流水的梯阶

上去后我才看到，天上不光有光焰似的梦
而且每个梦都有镰刀似的把手
每夜命月亮提着，到人间重做一回是否
还有背着全天下的光赶路的太阳
不到黎明的跺口，绝不停歇

时光和冥想，是否才是抵达你的唯一小路？
若是，我愿在时光里醉生，冥想里梦死
在金钱谷里捞钱，在太子林里种树

去佛手岛跪拜,烧香,抚顶

我知道问天不如问你:
通到天上后是否也像在人间这样
夏日忘暑冬似春,源流一派清垂云?

桐庐祠

人老体虚,兽老胆瘦。惟你越老命越硬
桐君端坐大殿之上,医嘱令人叫绝:

红豆走肝,绿豆走肾,莲子性寒微苦
走心。此三种煲汤滤渣,一天一碗
切记少盐多醋,少食多餐
饭后右位侧卧,让血回流养肝
多吃大枣黑豆枸杞,早睡早起
弈棋写诗赌钱,最耗心神
酒色皆含美意,是蜜罐,更是咸菜缸,盐坛子……

当桐君耐心地嘱咐我这些时
我突然对平时一些漠然的事物,心生爱恨:
我爱美食恨食欲;爱生活恨自己
爱她,恨性。而我对这些的爱恨,都不及

对桐君的医嘱,更深

瑶琳仙境

让我们坐在分水江畔,坐在
黄昏最美的那片云霞上,谈谈爱吧

爱是欢心和痛苦相撞飞溅的思念
还是钟乳石在洞壁投下的光斑?
爱是痛苦和欢愉,还是爱之墙的两面
合起来才产生的命运张力?
在这里人和仙,我和你,要保持怎样的距离
才不会被反弹回来的回声迷惑?
你把一块巨大的岩石当作背景
是想使自己更加坚强,还是要把这种暗示
驯服了,让它尾随我的一生?
俗世和仙境之间,是否有一条甬道
如果我们在此相遇,是互诉衷肠
还是仅仅微笑致意?
当理性不如情感有力,话语是否比眼泪真实?
如果我只用一双赞叹的眼睛爱你
还有一身俗世气息,这够了吗
我的亲爱,我的瑶琳仙境?

山水之城的镜像物语

郭云玉（济南大学）

1

春深已尽，花市如昼，月色清照背影
在富春江畔，这是多年未曾遇到的画面
像是刚从水域中打捞出来，岑寂着，还原着
我循着记忆的光缆，试图脱出叠嶂的重围
来到溯江观山，获得精神上的一次救赎
催促命运施恩的人，也向一条河流跃去
也在通达之城，追忆江南

竹映诗瘦，在内陆那样晦涩的村落和公路
是走不到尽头的。现实已落幕，穿过伶仃的天桥
桨上轻舟入梦，这个世界有种无形的魔力
总把水天一色和碧落流云的小城，认作故乡
旅途倦怠中，山水在我们身上虚构
而眼下，我们谈及蝴蝶幕布背后的画城

一生值得托付的事物太过遥远，如自然典礼上的
庄严和祭祀，深刻子陵碑林，如隐喻般

2

我们在正午时分抵达，像带着某种神意般，献出
长江万里图，那些起初已陈旧的漆茶人生
已然在风中有了新的命名。时光蹁跹，梅红春江
已敲响陈旧的晚钟，在运往他乡的农家秋韵
消化着镜头中桐庐山水的景色
有时，相望的细节那么长，相爱的语言
也如此锋利，却从不轻易说出，艰深的别离

渔舟唱晚，两边漫延而出的天山共色
承载着磊落的故园情深，裁得彩练当空舞
我想一定要来一次桐庐，在淳安前往芦茨古村
的一条小道上，顺从诗的命运
在烟波浩渺之中，在千山万水之沿
安慰一颗作古之心。是的，再晚一些的时候
我要住在华林寺，卸下原始的欲望和张狂

3

我再次找到了你,鱼笼幻彩,稻香入梦
我的一生,既不是山,也不是水
我来到此地才有了弥久的喜悦,退潮仍发生在
山光水影中,樱花开得汹涌,桐庐的原始形态
带来葳蕤的诗意,这与某些虔诚的
故人相关,或曾经的善与之心

平滑的落日线,在水面逐渐削薄
我用平铺直叙的手法,接受反复的缄默与敌意
归还桂冠的荣耀和起源,时光中早已埋下了伏笔
多年前我寻访孤山,涉水而行,把秋天踩得作响
那是离别时专用的语言,向世界交付更多地
可能性,再作别我笔下的造物,相忘于江湖

桐庐山水镜像图

吴少君（福建福州）

1

画笔暂放，墨色循着桐庐的山水入定
时间推开广角视野。跟随笔锋
回到东汉的峰峦上，命运的弦
化作钓竿上的线，用来垂钓浮生若梦

流浪归来的步履和灵魂。隐居
是一门学问，搭草棚茅屋，要选在向阳的地方
曲折的山势，正好容纳一人一天地
云雾在半山腰翻涌，如浪的物语
消磨了峰峦的尖锐和锋利，给它浑圆与敦厚
的勾皴法，富春山，是子陵的秘境
隐着诗人的柔肠、悲欢、情愁，淡淡的墨水啊
在宣纸上晕染，颤动了富春江的心事
和时光中留白的人

2

墨者,是山水之色,天地是一张
被揉皱的宣纸,纸上行走,着墨,勾勒
树木、土坡、房屋,掠翅的鸟
行到水穷处叫出几声春天,水波与丝草
没有章法,所有的笔触
在宁静中返青。生命,尚有真理可以复苏
春雷之后,时间路转峰回,回到原点
当一个桐庐的居民,晨起垂钓朝露,日落后
看打渔人归家。钓竿收起的同时,仁慈相应而生
半生笔力与手腕的磨合,才能让笔触
忘掉高处的锋芒,抵近子陵的日常烟火里

3

皈依在桐庐山水里的人,一生都沿着富春江行走
承接落日金黄的火焰,熨烫一壶老酒
半个神仙般宿醉。山石、水沙、云起、迷雾
穿过历史的尘埃具象画下
像是从视线里捕抓到事物的暗影
不需渲染,只让浓淡的墨水在画面上疏密相间
运筹帷幄不是一个老者该有的心态
他迟缓地动笔,笔锋不曾有偏差

好像所有的笔法都是遵循富春江的本色
去谅解半生的鲁莽和草率
与万物达成和解，两个隔世的老人是知音

4

第四部分，只有山，只有水，只有两个
隔着长河时空的老人，拥抱同一场风霜和雪雨
由浓转淡，葱荣转肃静
苍老并不是一件可怕的事，热衷于雕琢与打磨
的人，并不会觉得生命是一场空
有我时无我。细听穿林打叶声，一部雨史
就是富春山的史书。读来，方知
桐庐与我有千秋之缘

5

六张薄薄的纸啊，要荷载整座富春山
和辽阔的春夏秋冬，万物的兴衰
从不拖泥带水，微缩在咫尺的宣纸上，点景
也有守望的姿势，专注于垂钓和沽酒
富春江就有勇气大段留白，看不见的山水
似乎才是画笔开始的地方。我与历史对换身份
顿时明白心有多宽，奔腾的笔墨就有多宽

我决定放生这个春天

吴忠全（浙江桐庐）

我决定，放生这个春天
让它游入富春江底，于是
甫一摆尾
水面便有了流云千里

我决定，打翻这个九月
让它倾覆在大奇山间，等待
晨风晕染
岁月便有了斑斓的信笺

我决定，写一封家书
用舌尖蘸破瑶琳的钟乳石，时间
被融化开
字迹流淌成了黄金

我决定，穿越通天的岩洞

抵达狼烟四起的战场，舀起
眼窝里的水
擦净所有受伤的山河

我决定，跳一种舞步
在千年后的秋天里，你看
燕子盛装
马蹄越过栏杆，世间便再无硝烟

我决定，哪儿也不走了
坐在严子陵身旁垂钓，他说
一生只有一尾鱼上钩
那是尘世外的自己

我决定，也碰碰运气
轻甩鱼竿，山水如油布抽卷，"嗖"
落入鱼笠
我惊的细看

那竟是我放生过的春天

桐庐引

阿名（山东临清）

1

暮霭披皴，似乎相较于去年
又迟疑了一层。色泽氤氲里的山水
已经停靠多时，我依旧没有修炼好。
叠加在一起的青石，木桥；雨后初识的花蔓
都被你展开偌大的器物藏匿起来。
流云旖旎，桐君山也眼见的有些倦怠了
垂下两鬓青丝，花香满过树冠
剩余的就只是窃喜了。
苍翠入牖，一直通往隐秘中不可言说的梦境
这梦境不成其形
却被你研磨成入世的药粉。

2

子陵在钓台四周盘桓,金色粼粼
同月影相互碰撞,发出细密的声响。
富春江并不急于挣脱长夏催生的藩篱
扁舟轻楫便可以顺利穿行
抵达,这个被夜晚熏染过无数回的去处。
善于抚琴的人,转过身
披五色彩衣,总能独享千年来涌动不息的脉象
不妨,我们也驻足,端坐
屏住呼吸。体内生出石斛的须颈
墟落,人家,散落四周,还够得着缠绕
人世尚且阔达,天下只剩桐庐。

3

持烛,持玉觞,再持一截竹笛
缓慢地应和。我们算是这里面的同好者了
半空中,微光点缀,每条小径恰到好处地出现
属于我们的有一条就足够了。
两岸丹桂婆娑,翎羽间发出微微地颤抖
清角的调式转瞬化作一只白鹭
化作一个少年。

倦鸟还没有归去,父亲已经布下迷障
在七里泷,这个沉默寡言的渔夫
先于我们躲进石块间的罅隙
美学的承制,最终归还给那滴即将融释的水

4

大雪覆盖了多时,你喂养的墨白
沿历史的经纬,一寸一寸向我靠近。
笔意枯干也可以算作饵料,我若独钓
富春山经不住诱惑,也可褪去长卷地束缚
浮出水面,然后,伏在那里,啁啾不已
完成出世,入世地勾勒。
时辰还早吧,芦花的白转过小瀛洲
飞得到处都是,我跟随其后
仿佛造境师,专司
巍峨而又绵密的趣味,反复描摹
枕于风烟俱净的光线,和寥廓。

盛装舞步兼致桐庐深处的诗

朱海燕（福建莆田）

1

瑶琳镇一头衔接马术，一头修辞江上的水花
像马蹄声不远万里而来，成为桐庐
纯粹的注脚，所有的马匹都有两个身份
当富春江小心翼翼流过时光的缰绳
跳跃或原地快跑，都是对桐庐的一种赞美
在始终如一的训练中，骑手和马习惯于拥抱
配乐里旷世的静。时间细腻流淌，身体的和谐
在沙地上下降和生长，好像瑶琳仙境里的石笋
从没有凯旋的想法，一生都在奔赴
桐庐带露的清晨和晚霞下的黄昏，轻轻抖动
马镫，让一日的光阴研磨成深深的墨色

2

十二分钟,足够一匹马一骑手擘画
心中的传奇。在长方形的场地里,马步
把身体交给舞蹈,准星般踏下生命的美与张力
伴随着简谱上的语言,骑乘艺术
仿照富春山居图勾皴、线描、疏密得当
让马蹄取得隐居者的秘诀。遁入山中,世事
尽在山脚显现。磨遍耐心
才能在十二个字母的坐标系上,准确找到
竞技的要领,像富春江找到桐庐,黄公望把画笔
悬在诗人的心上,几百年来都是孤行
好像瑶琳大桥一样,一心直通桐庐马术中心
缩短了东方与西方的距离

3

马蹄下的方圆,从文艺复兴里吸取哲学的营养
或者下桐庐探寻山水,献身的方式
奔放是风的姿势,是马的步调
一座新型城市该有帕沙齐和皮埃夫的叙述
顺着难度系数逐级上升,抑或半停止
力量的复述。心跳在跑步中不再有棱角

一匹马选择在世界名曲里舞蹈,自编着生命场域
葱茏的艺术,变换方向、斜横步
当旋转不再是一场追逐的游戏,花式骑乘
就是人间最美的奇葩
长在瑶琳镇,浪漫了整个桐庐的风

4

如何描述盛装舞步的肖像,先从马匹的默契
到骑手的绅士之风。力与力的花火
不同步法的穿插与点缀,成为一处风景时
竞技如同他乡遇故知。赛程也是人生的行程
规定的时间界定下,得分最高者胜出
放之四海而皆准的真理,与马蹄一同
跌宕,闯关,一脚跨进富春山居图的卷轴上
成为留白的部分,或者是浓墨中的一瞥
生来在天地间,当个渔夫垂钓也挺好
一竿致敬桐庐山水,一竿让心上繁花盛开
钓个千山叠翠,再转身,人着盛装
马走舞步去仗剑天涯,富春江流经的地方
江水未曾辜负马术的形影相随

群山上的云彩

宋再冉（浙江桐庐）

幼时
我伏在妈妈的肩头
伸出食指
将群山捻作丝线
缝补着富春江畔渔船的缺口
长路漫漫
我们俯下身
依偎在一起，一小口
一小口，饮下揉碎的云彩与水
慢慢走哟，妈妈
我们慢慢走

如今
春水喝进我的胃
群山驮在我的背
妈妈伸出食指

将群山捻作丝线
缝补着富春江畔渔船的缺口
慢慢走哟，女儿
我们慢慢走

妈妈
百年后
我定化作青山
将云彩与你驼在肩头

借光

卢梦涵(桐庐三合初中)

桐城,你可否借我一捧阳光?
让阳光迈开双脚,替我,
照耀那些我眷恋的地方。
风起,大街小巷在足下飘转。
群蝉吟咏,酒肆小坐,
"雪水云绿""梅容杨梅"
果子陪着那茶那酒,轻盈,生动。
更有芳沁,温存袭人的齿香伴着早风:
我说桐城,你可是这般无虞,
来博取人们的痴情!

桐城,你要借我一粒星光!
见那富春江的波,
朱楼、绿柳、白塔、青山,
这里那里,斑彩错置各处。
叠嶂山云披絮,遥天水鸟吐钩,

都拂过风烟,缤纷挂着。
由江的水光闪动,
皱起鱼鳞的锦,溅开心浪的柔波,
送出肺腑中的,湿润、暖意和连绵。
让我把星光化作盘纽扣,
锁住这方山明水嫩。
渐渐,星子跃出江面,
寂静的夜,托着沉沉的梦,
澄蓝的天,托着密密的星。

桐城,你能否借我一面月光?
一弯皎皎明月,
牵着城外游子的浅吟,伴着城里诗人的高诵。
万家灯火,处处新诗,追忆亘古,
见那灵那银白斟入香茶,一口饮下,
摇头晃脑,像个酒醉的诗人!

桐城,你要借我一缕曙光!
风影在背后徘徊,吹响落叶,吹散浮云,
吹动夏的玄想。
就在我这儿泛黄的叶上,
扯一缕曙光,
酿出动人的平凡,寄于秋色。

这叶摇摇摆摆,扫过人间。
白云源的清风,桐君山的古木,
天目溪的流水,猴鹰谷的烟云。
风止,叶,知足地忆起时间的留守。
每一个深度,每一次瞬间。
终落地成泥,涌入秋的怀抱,
一遭遭的静谧——它的路程。
镇定的节奏,沉缓的歌吟。
是适合这座城,这个秋的回荡……

夜,深了,让我再点盏灯,
咦——那我的影子呢?
心底繁花盛开,原来我已化作
桐庐城中,缕缕微光中的,一员……

菜花香中的梦

张宇菲（桐庐叶浅予建兰学校）

金黄的田野，散发着浓浓的
菜花香。我静静的坐在河畔
看着田野间的一人一马
此时，阳光盛大
晒得我有些头晕泛红
但那人却穿着一身长袖
开心地追着白色飘飘的蝴蝶
在充满菜花味儿的田间
风吹动着它那又长又直的鬃毛
一时不见就没了影
那人口哨声一吹
马儿像是听到了呼唤
又出现在了视野当中
一时间，它那绚丽的鬃毛上
沾满了菜花。主人笑着
为它一一摘下，而后纵身上马

一人一马随着金红如火的余晖
穿过层层花野，向着那
盛满荣光的大道上奔跑而去
这是一场与夕阳一起的华丽邂逅
我迎着风，起身走向了富春江畔

幸福桐庐娃

许季晖（桐庐春江小学）

生在桐君山脚下，
喝着春江水长大，
我是幸福桐庐娃。
——么佬遐意！

子陵钓台把鱼钓，
仲淹作诗连声夸，
公望陶醉扬笔画。
——名气茂度！

瑶琳溶洞似仙境，
白云源里捉鱼虾，
天目漂流激浪花。
——嘎好嬉咯！

剪刀纸上剪乾坤，

合村鞋上绣金花,
钟山石头会说话。
——净赶里爱!

豆腐干里诉乡情,
雪水云绿嫩新芽,
酒酿馒头白又发。
——肥道蛮好!

高铁连接千万家,
名宿遍地开了花,
向往生活人人夸。
——快丢来嬉!

桐庐行并序

谢良喜（江苏高邮）

桐庐自古乃风景秀丽之地，人文炳焕之都，历代文人墨客均有述及，尤其明代著名旅行家徐霞客在其《徐霞客游记》中，以煌煌七百字专记桐庐风物景致，遂使胜地美名益彰。辛丑新秋，余幸践前贤行踪，游历其间，于焉览美景，怀古意，能无诗乎，乃衍作长诗，命曰桐庐行。

桐庐山水著天下，我素闻之徐霞客。
四百年前途经处，一篇游记载行役。
南上马岭出新城，水声激激迷阡陌。
内楮村坞兑口桥，分歧忽复过排石。
山势豁达何足惊，水道一去皆广泽。
舟经严矶遂假寐，佳景不睹良可惜。
幸余文字纪此游，百代犹堪动心魄。
我今循幽入桐庐，富春江畔情如昔。
子陵钓台今犹在，千古高风安可借。

遑论客座犯帝星，自向山水乐朝夕。
桐君山路险且奇，峨眉一角谁开辟？
登高俯望天地间，山川草木皆莫逆。
瑶琳仙境世所无，岩溶洞穴美如画。
微躯恍恍何处去，但觉清风生两腋。
垂云一脉河通天，古洞谁信宜挂席。
河道弯弯迷前程，钟乳石洞光欲射。
天目溪上十八滩，山夹水势声磔磔。
滩滩高接彩云外，泉石争辉水波白。
嗟我远来情犹笃，安得兹地结吾宅。
来当抛却尘间事，更觅徐公旧行迹。

诗词五首

闻杰（浙江桐庐）

一. 点绛唇

烟笼沙洲，富春江上浮青雾。世居村户。来去凭轮渡。　晃眼人非，广厦千间处。儿时趣。几年寒暑。魂断中杭埠。

二. 五律·桐君山

桐君山望远，野渡水流长。
深涧时鸣鸟，晴帆还过江。
日中花气暖，岁暮草烟黄。
百代斯人逝，千村灶火扬。

三. 五律·世居桐庐

梦起鸡鸣早，天凉斗转斜。

往来江上水,买卖埠头沙。
三十年华逝,几回云雾遮。
流波桥独在,一过一嗟呀。

四. 五律·忆徐霞客过桐庐

旧县平林漠,分江碧玉清。
放船流夜半,晨雾锁鸡鸣。
小镇平生度,徐公过眼行。
荒寒孤寂处,松柏岁寒迎。

五. 五绝·江行偶得

船过起涟漪,风行润玉肌。
幽人闲坐卧,天幕看星移。

第三辑

旧县

陈东东

凑近细看,你就会深嗅
自幽谷升腾涌凝云的骨朵
也都是凝意骨朵的小拳头
擂响了一面芳香的天气

循径幻入画图,神游往
你就会眷仁,叠嶂重峦间
藏踪的又一村,金银丹桂
映上月,月下笼于中秋

没有谁猜对谁摹写此境
在怎样的往昔,怎样的风
穿堂,乱翻茅草庐半卷的
册页,吹皱酒盏茶碗里

收摄着纯山真水的倒影
一棵耳中巨树喧哗,摇曳
灯烛光,吴刚无限地挥舞

玉斧，却将夜夜心越剪

越明亮。你忆想那时候
油壁暗红还未曾刷新，旧
还未曾简化为一日，立轴
高高挂起，诡奇如空镜

照见世事转移人物苍黄
唯河汉梁津摆放星斗残棋
与时局僵持。烂柯从天外
掉落，引来的笃班的笃

通俗演义的一声声鼓板
声声慢，郁酿进母语温软
说徐霞客途经，顺流划桨
黄大痴念念梅干菜烧肉

暗香

庞培

院子里的桂花树开花了
我父亲、母亲、爷爷都闻到过
有过各自不同的馥郁
我深爱的她也曾在一天清晨
被满树馨香突然拥抱
一棵开花的树没法把人一生的
故事奉献，哪怕零星讲述
听起来也像是缄默、无声无息
你只能陡然止步，深吸一口
在天黑时分，在院子或草地
无人的地界，那里砖砌的甬道
围墙，似乎岁月俯身而下的翅膀
书房、琴房、儿童房，卧室的灯光
一齐受枝头繁花细密簇拥
看不见的群山伫立。四周漆黑
而宁静，树龄一千年，被浸在这宁静里；

下过了雨，或正在下雨的冰寒风中

墓碑般的幽香时隐时现

一生中曾有几次，人走到噙满泪水

少女泪痕般的桂花树下

脚下的小路杂草丛生，提醒你

树的懊恼，长在被遗忘的人事里

一阵风把湿冷的花瓣吹出叹息

从前一家人的声音，突然响起

这一阵花香，不知多少年过去了

那一路洒落，窃窃私语

小脚的奶奶出行，去山里朝香许愿

花开，如同案上的燃香

仿佛站台上殷切的脸颊伸出别离

是的，露湿的桂花，是不知名的亲人树

当人的一生，暗香浮动

树下看不见的臂弯，怀念广阔天地

母岭

梁小曼

如分辨水中之水
永恒的近似中
去指出旧县已旧
舟子夜流五十里
约为霞客的半宿
母岭的鸟鸣冠冕九月
公望的痴心尽付山居
我们仍无法辨认
驿站原是宇宙一瞬
换算静止且凝固的潋滟
取决于谁在此地
吹着桂花之西风
默想事件缔造的时间——
鱼的一生回流于江水
人的记忆便是它的记忆

结庐在桐庐(外一首)

舒羽

结庐在桐庐,或者,今夜小住
窗玻璃上认得是黄大痴的皴法
密密簇簇,布置下满川的烟树

细碎的虫声,咬着夜的水果盘
栀子的花香白腻滚圆,咬着梦
就像村头蓝布衫裹不住的膀子

苔藓的心愿,悄悄爬上了裙沿
门前的柿子都醉了,打着灯笼
骑在下午的一束清冽的阳光上

螺蛳养在清水里,人养在家中
粗瓷碗盛来的秋天,颗粒饱满
旧家具恍惚,在辨认你的前世

前世你肯定来过,印渚,深澳
芦茨湾,名字上都有神的手泽
旧县人过的是金桂镶边的日子

横村的独山上,光阴如悬铃花
瑶琳的洞里找到了藏宝图,却
找不到那药葫芦里的桐君老人

结庐在桐庐,没有心事放不下
拖后的只有山与水重叠的影子
要知道,从前七里泷半月无风

船都焊在水里,人都锈在岸上
可是,一等风来便扯起了满帆
水便往高处流,船便在天上行

深澳

这里的老屋,都该叫三生一宅,
每一座都让我望见前世的前世。
清晓的微雨中,石井栏绣满绿苔;
澳口,流水深曲如昨夜的心思。

宝髻松松地挽就,那邻家女子
汲水,午炊,安排下春天的灶台:
腊肉切片,笋切丁,莴苣切丝。
喷香的锅盖,像爆雷一样揭开……

水缠绕着水,时间侵寻着时间。
千年的繁柯撑开了申屠家的族谱,
祠堂里,匾额镌刻颜体的庄肃。

而天上一朵卷云却停到案前:
看她闺中日课,临一遍灵飞经。
当此际,心如毫素,字若新莺。

桐庐的宋桂（外一首）

姚风

这棵宋朝的桂树，依旧满树葱茏
而宋朝已经灭亡 744 年了

那是 1279 年 3 月
这棵桂树应该已经种栽下
但还没有开花

元军逼近，丞相陆秀夫
抱住王朝最后的皇帝赵昺
蹈海而亡

皇帝死时才八岁，如果他活着
该上小学二年级

他背着书包从树下走过
桂花已经开了

这是很小很小的花
就像他的年纪

富春江偶遇严子陵钓鱼

江水清澈,大鱼在深处潜游
窜动的小鱼,还无法咬钩

你推开攒动的游人
走进一个替身,坐在江边钓鱼
钓上来的,不是鱼
而是一朵朵破碎的浪花

在被批发的死亡中,王朝更迭
归隐已变成一个虚词,不合时宜
但你还是脱掉替身
裸身跳进江里,游向了水底

你甚至没有溅起一圈涟漪
像是拒绝抛给你的救生圈

在斯德哥尔摩梦游桐庐

李笠（瑞典）

我脱掉衣服，跳入清澈的江水
我想洗去积在心头的瑞典的雪

水裹着我，水柔似女人唇间的吴语
水陪我一路走到山脚的村落

竹林，青瓦，两棵盛开的桂树
我在一家小店里买了十瓶黄酒

随即打电话给孟浩然和李白
约他们一起去山上的凉亭喝酒

"那里能一眼览尽所有的山水诗
能看到最美的孤帆远影"我说

白居易也来了，开着辆宾利

上面（出乎意料）坐着孟浩然和李白

我们缓步上山。刚摆好酒菜
多情的江水便弹起了《高山流水》

听着听着，孟浩然朗诵起了诗
"乡泪客中尽，孤帆天际看……"

听着听着，李白跳起了舞
"人生在世不称意，明朝散发弄扁舟！"

白居易忽然泪流满面，对着江
嘟哝；"我也想当——严子陵！"

江水鼓掌，掀起滔天白浪。我
惊醒。张望。窗外下着桐庐没有的雪

富春咏（外一首）

左凯士（Carlos Morais José，葡萄牙）

每一座山峰都有歌声，
每一首歌都悦耳动听；
在桐庐，这些歌声
令我心旌摇荡。

富春江如诗如画，
向东奔流，一刻不息；
我这颗被重塑的心
只愿随水漂流。

哦，我美丽的姑娘，
蝴蝶和鸳鸯，
在这夏日，是谁渴望
你花园里的芬芳？

当黄公望把你描摹,
以丹青和银色的月光,
他迟疑了片刻,
因为过度的美,足以致命。

我身穿长衫,光着脚
在一间寺庙里许诺:
我将重返桐庐,
成为自己的榜样。

泛舟富春江

我顺流而下。一直顺流而下。
古老的标记令我想到……
不完美的往事
今日已难以察觉。
我喃喃自问,
在不完美的时间里
胆怯地拾阶而上
途中是否有更多的台阶
向高处伸延。

——永远的流水,
云雨,汁液,
烟霞,雾霭。

——不变的心,
一个完美爱情的花园,
肉体,牡丹,光亮,
短暂的晕眩,汗液。

水冷冽。冷到彻骨。

江流闪烁,苍山如海,
涌动不休的波浪,
一次又一次
溅入幽深的碧绿。

没有人在水面看到自己。

(姚风 译)

旧县，母岭

沈苇

旧县，问候新城
母岭，统领群岭
以一株宋桂为地望和标识

严光默默收起钓竿
——不知去向
大痴醺醺然走进山水长卷
——隐而不见

现在，我们在山下修一个草亭
用一些桐庐的稻草
几捆霜降后的芦苇秆

奔跑的人哪
请停下你的脚步——
坐一坐，喘口气

听一听风声、雨声、鸟鸣
闻一闻南宋吹来的
桂花香味

江水滔滔,从不倦怠
如斯逝者,一再重返
它的起源……

桐庐小记

颜炼军

富春江烟雨空蒙,我这个大理人
一路与来自凉山的彝族兄弟聊天
与来自塞外的蒙古族、回族、满族师弟师妹们
叙旧,合影。这些,不会在黄公望笔下。
风景如画、不系之舟、雨后春笋……
这些成语,我们都重新学习着。
缥缈的严子陵和他的模仿者们
没打动我;虽然匹夫乐队动人的歌
犹在耳畔:"我就是你……"
享用过桂花酒、两头乌和老虎桂鱼
习惯在水泥森林里求取诗意的青年朋友们
眼睛亮了,在油菜籽苞上
惊奇地看到了豆角;我也在青年朋友身上
看到了从前的自己,摆出种种憧憬的姿态
就像一首首新绿茂密的山水诗,淹没了
岁月般的铁轨。

严子陵垂钓处

肖水

他顺江游,她沿岸跟随着走。有时候遇到假山,
有时候练剑的人们,明晃晃地,摆足了架势。他的手臂
抡起静静的水花,对面楼阁的倒影,便往下游流去。
她把毛巾递给他,他们拉着手,一步步上了牌坊下的阶梯。

桐庐山居图（组诗）

施施然

严子陵钓台

晚夏。雨后空气爬满了青苔
木樨、红枫，你走过的山路还在
但富春江水已漫过山腰了
微凉。白鹇鸟
从杉树枝上振翅
飞起的姿势
高出我胸中升起的水位

倏忽而过的，是你吗，子陵君？
那羽翼划出的弧线
在湿漉漉的空气中
并未涣散，而鸟鸣悠远

子陵，数千年已过，不必再

执意为侯位躲闪。你看
皇帝的龙舟早已驶远
此来，只有桐庐上好的米酒
（桂香深处千杯不醉）
和阅后可焚的诗

我的诗，不用来换酒钱
它只适合用来垂钓。在月朗风清
的夜晚，钓深埋体内的逆鳞与刺
钓泥泞中的孤高

最好的日子

就是被清晨清冽的鸟鸣唤醒
（而不是闹钟）
头发松松地挽在脑后。依心情
画一画眉目。也可以素着一张脸

窗外的果实已经成熟
沉甸甸地压低一树枝叶
松鼠，灰雀，草蜢
想偷吃就偷吃吧

随手摘的,已足够我
酿制几大坛梅酒,果酒,桂花酒

不喝茶的时候,我就煮一壶咖啡
要用桐君的山泉
洗去我行走半世的尘埃

午后要有雷阵雨
轰传的雷声,刚还在耳边,转瞬
已滚过天边。草木,牛,鹅
在雨中不肯移动半步,等待我
将它们入画,入诗
浓笔淡墨布局在纸上

落雪以后,我们就不再出门了
守一炉温暖的炭火饮酒
谈什么官运、仕途、风流事啊
都俗。只要一想到
你就在隔壁安静地做学问
我就想对你相视一笑

母岭桂花

给舒羽

昨夜的露水停留在
小桥旁那抽象的荷叶上
像是为这一场欢聚
画上一个晶莹的句号
天下宴席,终归要散去
醒来,如撕下一页书
那个以诗句照亮整个夜晚的诗人
携锁麟囊入席的诗人
怀揣浓黑墨汁,月色
飞舞着宽袍大袖的诗人
今早,他们离去的身影
流淌着叮咚的水声。你
站在母岭最诗意的岔路口
向我指出桂花飘落的地方
我看见金黄花瓣簌簌落进
你湖水的双眸
整个清晨都变幻了颜色

我们在无名袭来的桂香里
忽然都温柔了下来
像脱下了战袍的白素贞
在送别另一个

富春江

描述它我感觉到深深的艰难：
转过弯，起伏的山体
被密林覆盖了枯笔侧锋干皴的纹络
天空中鸟儿也失去了踪迹
它们没入不可见的另一片视线
当我从游轮往外望，富春江水
碧色汹涌，古意深不可探

古意涌动，无法言喻，仿佛
时间从不曾在这里流逝过
万物从未移动，它们沉浸在
公望的一笔一墨和他不易察觉
又无处不在的视线中

无视

农历六月六日,适宜
下河游泳,摸鱼。沁凉的淤泥
和柔软水草,将使你认识
一个更小的自己

适宜在家中翻晒冬衣、书籍
隐身于旧纸张里的古人
在不为人知的地方对弈
垂钓幽深处的月亮
调试琴弦,以消解锈蚀的痛苦
要让他们出来,重见一遍天日

他们独自度过了太多
风吹雨打的时光。遇才子,佳人
也遇小人

这一天我们接受古人的教诲
 "让清风归于永生,
 让阴暗归于腐烂"。也接受

十里荷塘的教诲：想开花
就"哗"一声开了

这一天，我坐在六月的荷香里
一时悲，一时欣

注："无视"，是桐庐特有的风俗日。

女儿红

在一棵古老的宋桂下
我亲手封起一坛黄酒
浑圆的罐身，仿佛一个
完满的愿望，饱含着糖分
以红布三缄其口
相较于传统
她更像是一门心学
不出意外的话，罐中清亮的酒液
将迅速陷入深沉的睡眠
神思在浩渺的天空中遨游
庐顶下，雨丝倾斜
软糯春风拂起无形的手指

白鸟收起翅膀,低低地隐入森林
蓝莓,百香果,稻田,河流
渐渐,上升的体温
唤醒了青春记忆
发酵,犹如所有幻觉
在一起膨胀。你自成世界
爱,尚是一个人的事
还不曾经历破碎。直到有一天

我究竟要不要
打开这封口呢?

空山

此生,如果一定要选一处
种几垄豆角,茄子,搭一棚
清瘦的丝瓜架
就来黄公望的青山

密林里有薄雾,蝉鸣仿佛箫声
流水弹奏的琴音从冬季
一直响过春天

翩飞的白蝴蝶姓祝
黑蝴蝶姓梁
夜深了,狐仙破壁而入
我有一腔疑惑,需与他当面
细细交谈

狐仙却不答话。拱手
作了一揖
低眉间有另一个世界的孤独

旧县咏叹调:江色,雨

1

富春江流速深缓,但足以
穿越人类不断更迭的朝代

为何从无人透过微凉皮肤
触碰你持续跃动的心脏?
要积淀多少隐逸的
源源不断的情绪
这一江碧绿才得以构成?

江水埋葬去者。亦鉴今人
江水浩荡自有它涌动的万古悲伤
只是它不说

我有一树鸟鸣
换你一瓢江水饮
我有哗哗流动的青翠和轮回
与你相和

2

夜幕降下来的时候
阵雨刚好也落满了江面
晚归的乡贤，从少年，到中年
都撑起祖籍般的油纸伞

雨，敲打竹林，陶罐
也敲打邻人的墨瓦灰檐
蛙声交织成一张雄辩的网
穿麻质软衫的酿酒师
再一次
选择了湿漉漉的孤独
（孤独是另一种富足）

身影融进倾斜雨线中
在路灯橘黄光晕下闪亮

每一滴雨,都饱含了虔诚
携聚着旧县连绵不尽的烟火
(痛苦此时不足道也)
它们一头扑进青石板和土地的缝隙
欢乐而餍足
这快速完成的一生将在
黎明前浩大的江水中再次苏醒

母岭听雨

君实

闪电如幽灵,自远山划过
漫山的桂树开始散布春的消息
从昨夜起,星星就已闭上了眼睛
只有这潇潇风雨
起伏着夜的呼吸

此刻,春雨仍在忽浓忽淡地落着
它们将在黎明让荒野焕发出生机
闪电,又在意想不到的地方擦亮
天空降下隆隆的鼓声,直击心灵

有人在耳语,这雨
莫非是两个灵魂欢娱的汗水
而绽放的闪电,是心火在撞击

富春江返航

伯竑桥（清华大学诗社）

所幸，年轻时最好的东西都免费
不觉得雨后下山的小道，比恋人的心窍蜿蜒

隐士的事儿听过，也就忘了。得抓紧：
一辈子虽说比一次心跳长，却比春天短

朋友们在绿海深处中回等我。船在码头
停得很稳，像个风波里的承诺——

于是这一刻，年轻的意思是闯进船舱
湿着头发横吹着江风又忘记它

疲惫冲服了兴奋，混杂着我们心的饥饿。我们
像小水滴成排悬挂在船舷，晃动中映着全世界

而船底马达，某首诗里谐音的鲜花

都准备好了吗？一切像胡乱却足够美的新节拍

将在下一秒未知的返航中，从脚底响起来

2023.4.25 桐庐—杭州

我们就这样

拉玛伊佐（中央民族大学）

1

在母岭山下
我冒雨
闯进麻将室向一位客人借火
当我把斗中的烟草点燃
他索性
把火赠予了我

2

他
是我的校友
我们同时在校园生活过
我们的宿舍甚至只隔几幢房子
但我们从未相遇

也从未相识
但在桐君山上
在富春江畔
我们才真正交上了朋友
我们约定
还会再见

3

在桐庐
茆坪村口
我遇见一位村民
在展板前徘徊
他说
那是因为,他的女儿
和展板上有一位诗人同名
诗人回答他说
媛媛,是一个普通
而美丽的名字
他说,是的……
然后,便转身离去

4

在茆坪
在村口的桥洞下
有一个咖啡馆
叫嘻溪集地
在那里我叫了一杯拿铁
20 块
他问我
味道如何
我说,喝起来味道平和
咖啡师说
那是因为
他们用的咖啡豆比星巴克要好

5

在晚餐的时候
我说,杨梅酒
就像这里的人
外表温柔
内里坚实
同桌的部长说,

不不不
我们表里如一
表里如一……

6

网传……
在离桐庐不远的地方
新冠再起
在游桐君山时
有同行者戴上了口罩
也有同行者
因为嗓子不适
跪拜桐君
祈求早日康复
我没有跪拜
我的爱人也不吃中药
但我仍然
默默祈祷
我的爱人能被治愈

7

在母岭半山借宿
鸟雀先于我醒来
唯有
天上雨尚未停止
唯有
山上的雾霭尚未散去
这也许
才更加符合我们对江南的想象
我们就这样
活在现实与想象当中

8

在去往梅蓉的路上
我的朋友从梦中惊醒
她梦见一只
白色的猫
与她中午饭馆里
见到的那只
相反

富春江的魔

拓野（复旦大学诗社）

魔变的山水绿皮被脱下了，我们坐船，
以一种较为少见的疾驶向前之速度去读去理解
我们从未遭遇过的魔、药物、白浪
与制度、黄公望的痴严子陵的呆金居翼
的羽毛在竹子或古藤间迢递的香气，是一种诅咒
让图轴的身体消了一部分，而
一种健康的瘾症在合道途中发作
富春江的魔呆坐、恍惚而喜食认真者的心脾
它碑刻龙鳞在岸上按摩我不识文体的脑沟！
我的身体则被他拽去水里去沉浸去转世
乃至慷慨小卖部的古韵和古代笔法本有的电力
豹变的君子则不以自己为大人乖坐东西钓台上
去等待后世更新的豹子。被脱下了，因此
更穿着于瞳人身上。以一种内部雨与伏地的深澳
脱下羊裘，穿上风。脱下高风，穿上
富春江牌子的安伯罗西亚，再脱下山水，

剥得它的肌丝与蛇胆。豹子们
也变慢，比归隐更慢上几毫米。

2023.4.24

江南过客

曲晓楠（清华大学诗社）

1

像是不属于生命里的三天，
江南瓦砖垒砌了一个远离日常的空间。
列车静止时，每个车窗都是胶片的一格，
动起来，窗中的风景就流淌成一部电影。
平原、山丘、水田、江潮、高速公路，地图
被慢慢覆盖，经过心上的列车终于开往江南。

2

我冒雨走进深澳，暗渠从脚下经过，
黄狗引我逛过古村落。我似乎始终与此处
的人物景色保持着某种距离，光线延伸所至
的底部，像是未被破坏过的桃花源，在时间与
空间上都与我很远。当我拿起相机拍摄在江边

捣衣的女人，我再一次确认了自己的游客身份。

3

当雨水中的富春山无端升起烟雾，我不由得
再次相信了山中仙女煮饭的传说。江上雾气
与浓淡青山从船上移过，让我想起同行的友人们，
也像美好的风景从我生命里经过，三天前淡入，
又在三天后淡出。此刻的山水又变得亲昵，它们
从不说话，但永远像忠实的友人，在那儿等着我。
而我们也都将在各自的空间轨道上，平稳地运行。

写诗，不必用笔，山水已经写就。
那三天，睁眼闭眼，我都在江南。

2023.4.30

桐庐之行

衷杰宇（中央民族大学朱贝骨诗社）

从南方前往北方，再从北方回到南方，
每一次重返就是一次重新寻找桃花源的故事。
白日大巴前往旧县更深处，一行互不相识的人
观赏烟雨江南升起于桐庐山川之上，
步行时一条幼蛇扰乱了我们的宁静。
那晚年长者们喝了三回，
而不胜酒力的我们很快就败下阵来，
在寻找小隐桂居的小径中短暂迷途。
翌日清晨，冒着微雨我们攀登桐君山，
在舌尖探访山水中的清音，
于是我懂得了，
最美是山水中的你我共享此时此刻，
最善是结庐在此地时一恍浮现的桃花源。

母岭来往二章

冯铗（上海大学戴望舒新诗工坊）

桂居夜返

过廊桥，塘荷一枚枚摊在木顶，
木顶压在一颗颗松果上。
如此不稳定的结构保持着
一种八方共擎的平静？
桂树枝与电线杆错叠为
斗拱，于柏油路口平放雏形，
便有屈折黑甜之鸟
妄念以不可见的机括汇入其上
春山，同它浮刻而下的
木屑窣窣之雨。
母岭就长如这一句，绵软如
无意中受踏的小蛇。
从它因横出丛草而盘起的环形里，

我忝列一瞬误入夜色的惊跳
与频频再辨的回头。

2023.4.22 于母岭的岔路中

山房晨趋

出门去,鸡忽叫,继而急促收尾,
群犬有如它们蛰伏的山水。
昨夜的岔道已看得分明,
塘荷一一复位,大桂满身藏睡。
余光中,北岛所执重逾千钧,
可毕竟无暇细看,
也不能透过纸背搬动一箱行李。
请原谅,我毕竟没法
喊住庭中小鲤,教它诗,
再教它说话,教它多识于
诸物如此:他暗中突出的腰间盘
与明着收敛的腰间雨;
他麻在巴黎的脚与我湿在旧县的鞋。
车向下遁入山雾,一切从最外边
舒展了明暗相交的绒羽。

序曲

周乐天（复旦大学诗社）

1

没有恒定的光和视角
便无法注目于
一小块明灭的阴影
气候不断转变
四围遍布奇迹
幻象是可欲求的吗？
必然存在着美好气息
具体而微
需要抓紧收集

2

在茆坪的古柏木下
望见对面山坡上

那竹林中有几株新绿
仿佛高傲的头脑
迸发在适宜的时节

是香樟枝头凛凛的嫩芽?
还是苦楮谦恭的酝酿?
竹已成了烟云呵

3

在自称"放语"的建筑里
遇见民国女士眼中
那坚定的空

枯枝铺在天塘岗前
哀愁打湿又吹净

最可盼的
是江南可望不可即的崇高
没有参差。亦无避让
我看到平行的群峰闪耀
在白云源